어스 집시

Naho & Maho

나호·마호 지음

EARTH

어스 집시 두근거리는 삶을 살아라 변은숙 옮김

GYPSY

연금술사

이웃 나라 한국의 친구들에게

이 수상한 책을 읽어주셔서 고맙습니다.

우리는 이 책을 과테말라에서 쓰기 시작해 멕시코, 페루,

미국의 세도나를 여행하며 1년 동안 썼습니다. 처음에는 책으로

만들겠다는 결심도 없이 인터넷에 계속 글을 올렸습니다.

우리가 겪은 이야기는 우리뿐만 아니라 모든 사람에게 '진정한

자신을 만나게 하는 문'이 되리라는 확신이 있었기 때문입니다.

덧붙여, 마음이 그렇듯 하늘은 다 이어져 있기 때문입니다.

별이 쏟아지는 밤하늘을 볼 때, 하늘 아래의 모든 친구들이

우리 이야기를 팔 벌려 기다리고 있는 이미지를 보았습니다.

우리 이야기는 인터넷에서 순식간에 퍼져 나갔습니다.

책 출판이 결정되었을 때, 신기하게도 가장 먼저 떠오른

이미지는 한국의 친구들에게 이 책이 전해지는 모습이었습니다.

그러더니 정말로 이렇게 한국어판의 출간이 실현된 것입니다!

더할 나위 없이 기쁩니다! 한국은 우리가 태어난 고향 일본의

이웃 나라입니다. 때로는 나쁜 뉴스가 들리기도 하고

서로 상처 주는 일이 일어나기도 합니다.

그러나 많은 나라를 여행하며 느낀 것은, 우리는
일본이나 한국이라는 나라를 초월한 지구인이라는 것입니다.
사람에게는 오직 '인류'라는 한 가지 신분만 존재합니다.
그리고 인류에게는 영혼이 있습니다.
행복을 느끼는 데에 나라가 상관 있을까요?
직업과 성별, 언어가 다르면 다르게 느낄까요?
아니오, 그렇지 않습니다.
행복뿐만 아니라 고통과 불안, 희망과 기쁨, 사랑도 그렇습니다.
'느끼는' 데에는 어떤 것도 필요 없으며 모두 똑같고 평등합니다.
이 책을 읽고 당신의 마음이 떨렸다면, 이 책을 읽고 감동한
모든 친구들과 마음의 하늘이 이어져 있다는 증거입니다.
이제 진정한 자신을 만나는 여행을 떠납시다.
보물은 당신이 찾아주기를 기다리고 있습니다.
왜냐하면 보물은 당신이 숨겨놓았기 때문입니다.

나호와 마호

안녕하세요!

우리는 나호와 마호라는 쌍둥이 자매입니다.

'어스 집시'를 결성해 세계를 여행하며 살고 있습니다.

지금은 과테말라의 한 호텔에서 이 글을 쓰고 있어요.

이 책은 우리가 '어스 집시'라는 삶을 살기 전 이야기입니다.

1년 전에는 우리가 삶에서 이렇게 특별한

경험을 하게 될 줄, 그리고 정말로 이런

삶을 살아가게 될 줄도 몰랐죠.

우리는 지금의 삶에 아주 만족합니다.

어른이 될수록 어릴 때처럼 단순하게 살기가 점점 어려워집니다.

"어쩔 수 없다"는 변명과 "세상은 원래 그렇다"는 이유로

마음을 소홀히 여기면서 사는 게 점점 시들해지던

우리에게, 그리고 소중한 친구들에게

진심을 다해 이 책을 바칩니다.

세상은 어쩌면
이토록 다채롭고
평화로울까.
인생은 훨씬 더 멋지다.

차례

첫 번째 이야기

두근거리는 삶

무엇이든
가능했던
날들

어 릴 때 생 각 나 ?

누구나 그런 경험이 있을 것이다. 어렸을 때 어쩐지 친척 아저씨에게 싫은 느낌이 들어 자꾸 피하거나, 엄마한테 "넌 사람도 없는 곳에 대고 손을 흔들곤 했어."라는 말을 들었던 일 말이다. 어른의 시각으로 보면 착각이나 환상으로 치부될 일이지만, 어린아이의 감각은 상상 이상으로 훨씬 민감하고 예민했을 것이다. 어린 시절에 이랬다고 하면 '이상한 애', '영적인 아이'라고 할 수도 있겠지만, 그때는 보이지 않는 것도 중요하게 여겼다. 나와 나호는 그런 감각이 더 남달랐던 것 같다. 쌍둥이인 데다가, 늘 함께 지냈기 때문에 그런 감각이 크게 무뎌지지 않았는지도 모르겠다.

어렸을 때 둘이서 '영원한 무승부'라는 것을 만들었다. 가위바위보를 할 때 서로 똑같은 것을 내면서 결과를 계속 무승부로 만드는 것이다.

가끔 어른들이 "영원한 무승부 놀이해보렴." 하고 말하면 나호가 내 뒤로 다가와 조용히 물었다.

"누가 맞힐래?"

"내가 낼 테니까 나호가 내 마음을 읽어줘."

이렇게 누가 내고 누가 읽어낼 것인가를 결정하고 시작했다. 그리고 마음을 읽어내기로 한 사람이 놀이가 끝날 때까지 상대가 무엇을 낼지 맞혔다. 지금 생각하면 텔레파시 같은 것이었다. 그때는 그게 당연했고, 불가능하다고 생각하지 않았다. 무엇보다 오히려 우리는 서로 통하는 감각이 있다는 확고한 믿음이 있었다.

유령이나 도깨비 같은 것도 자주 봤다. 돌아가신 할아버지를 만난 적도 있다. 스물세 살 때까지 계속 보았는데, 양자역학이라는 물리학을 혼자서 공부한 뒤로는 전혀 볼 수 없게 되었다. '보이지 않으면 존재하지 않는다.'는 관점에서는 그때나 지금이나 벗어나 있다.

세 상 은   컬 러 풀 했 다

어렸을 때, 내가 보는 세상에는 색깔이 아주 많았다. 소리나 사람, 장소에는 모두 자기만의 색깔이 있었다. '공감각共感覺'이라 할 수 있는데, 오감의 경계가 분명하지 않아 감각이 뒤섞여 있었던 것 같다. 어린아이 중에는 이런 감각을 가진 아이가 더러 있다고 한다. 덕분에 세상은 언제나 컬러풀했다. 텔레비전에서 튀어나오는 빨강과 노랑 상자, 문을 열면 덮칠 듯이 나타나는 파스텔색 정글, 자주 들렀던 책방은 실내에 흐르는 음악 때문에 언제나 파란색을 띠었다. 사람들한테 보이는 색도 가지각색이라 굉장히 아름다웠다. 모두 다르면서 고유한, 그 사람만의 독특한 색이 있었다. 모든 사람이 그랬다.

보이지 않는 것도 소중히 여기는 게 당연했던 시절이었다. 도깨비나 색깔뿐만 아니라, 마음과 감각도 소중했다. 무엇보다 날마다 반짝반짝 빛났다. 그런데 어른이 되면서 그런 감각이 점점 사라졌다. 사라졌다기보다 소중하게 여기지 않게 되었던 것 같다.

돈, 취직, 일, 인간관계…….

내일이나 한 달 후, 앞으로의 일을 고민하는 데 더 열중하느라 지금을 즐기거나 순간을 느끼는 감각을 잊어버린 것이다. 사실 이런 것이 인생에서 가장 중요한데도 말이다.

'어쩔 수 없다'는 말이 마음을 소홀히 여겨도 되는 변명이 될 수 없는데 말이다.

너는 너의 길로, 나는 나의 길로

그래도 인생은 앞으로 나아간다. 생각하느라 멈춰 있을 시간은 없다고, 등을 떠밀리듯 조급하게. 고등학교를 졸업한 나는 초등학생 때부터 꿈이었던 패션 디자이너가 되기 위해 패션 학교에 진학했다. 나호는 대학의 디자인과에 진학했다. 쌍둥이 최초의 이별이었다.

그때는 이미 어릴 적 일은 깨끗이 잊고 있었다.

꿈은 이루었는데 왜 행복하지 않을까?

쌍둥이 언니 나호와 각자의 길을 걷기 시작한 나는 패션 학교에 진학했고, 졸업하고 나서는 오랜 소망이던 디자이너로 취직했다. 어릴 때부터 10년 넘게 간직해온 꿈이 이루어지는 순간이었다. 회사는 오사카에 있었고, 운 좋게도 동경하던 브랜드였다. 줄곧 꿈꾸었던 패션 디자이너가 된 것이다. 그야말로 '행복' 그 자체가 아닌가! 그랬어야 했다. 그런데 뭔가 이상했다.

디자인 현장에서 일하는 것이 내겐 더없는 자극이었다. 더구나 꿈도 이룬 것이다. 그런데 늘 뭔가 부족했다. 충실감이 없었던 것이다. 하지만 그 까닭은 전혀 알 수 없었다. 지독한 고민 끝에, 나는 1년도 채 다니지 못하고 회사를 그만두고 말았다.

노력과　노력과　노력

그러고 나서 나는 다시 한 번 '입학이 어려운 학교'에 도전하기로 결심했다. "꿈을 이루었지만 충실감이 없다." 그건 내 기술과 노력이 부족했기 때문일지도 모르니까.

나는 다시 학비를 벌기로 했다. 고향 규슈로 돌아가 1년 동안 바쁘게 일을 했다. 아침 9시부터 저녁 7시까지는 전자제품 상점에서, 그 다음은 선술집, 그리고 또 다른 선술집으로. 아침 6시에 첫차를 타고 귀가하는 일이 흔했다. 잠자는 시간 말고는 모든 생활을 일에 쏟았다. 쓰러질 정도로 일을 한 것 같다.

이제와 생각해보면, 그때는 어떤 목표를 향해 열심히 달려가는 것이 자신을 증명하는 일이라고 믿었던 것 같다. 목표나 꿈을 잃을까 봐 너무 무서웠다. 그래서 그토록 필사적이었다.

어쨌든 목표가 없어진 것이다. 다음 목표를 찾아야 해!

학비를 모은 나는 1년 후에 정말 가고 싶었던 패션 학교의 학생이 되었다. 이번에는 도쿄였다.

목표나　꿈이　없어진다면

다시 패션 학교 학생이 된 지금, 나는 여전히 길을 헤매고 있다. 가고 싶었던 학교에서 패션을 배우고 있지만, 언제나 위화감이 따랐다. 이번에도 충실감이 없었다. 위화감은 마음속에 있는데 답은 밖에서만 찾으려고 하니, 정답을 찾지 못하는 게 당연했다. 자신의 내면을 직시하지 않고 그저 밖에서 요구하는 것만 열심히 따르며 달리고 있었던 것이다.

'노력'이란 말은 훌륭하지만, 마음을 소중히 여기는 노력이야말로 인생에서 가장 중요한 것일 텐데. 그것을 까맣게 잊고 산 것이다. 그렇다고 이제 와서 "패션 디자이너가 아니어도 괜찮다."라는 생각은 차마 할 수가 없다. 그도 그럴 것이 초등학생 때부터 소망하고 준비했던 일이 아니었나.

부모님한테는 뭐라고 말하지? 친구들한테는?

게다가 꿈이나 목표가 없어지면 나한테 무엇이 남을까?

혼란스러운 질문만 머릿속에 가득했다. 그러니까 '패션 디자이너가 되지 않아도 돼.' '정말 하고 싶은 것은 따로 있을 거야.'라는 마음의 소리는 '절대 들어서는 안 되는 말'이었다. 지금까지 애써왔던 일이나 나를 증명하는 것이 전부 없어지고 마니까 말이다. 나에게 아무런 가치도 남지 않을 테니까. 그래서 진짜 마음은 모조리 마음 깊은 곳에 감추고 살아간다. 몇십 겹의 덮개를 덮고.

결코 봐서는 안 되는 것, 그것은 자신의 '진짜 마음'이었다.

오직
'지금 이 순간'만
사는 거야

드디어 만났다

겐과 유키오를 알게 된 특별했던 만남은 느닷없이 찾아왔다. 그 만남 덕분에 나는 인생에서 수없이 많은 소중한 것을 떠올릴 수 있게 되었다. 태엽을 감고 있던 코일이 한 번에 풀리듯이, 단숨에 원래대로 돌아갔다.

만남의 첫 페이지는 도쿄의 어느 전자제품 매장에 서 있던 순간 시작되었다.

그날은 어쩐지 아침부터 이상했다. 7월 말, 도쿄 거리는 콘크리트에서 뿜어내는 열기 탓에 몹시 더웠고, 나는 잠시라도 더위를 피하자는 생각에 가까운 전자제품 매장에 들어갔다.

매장 안은 에어컨이 켜져 있어서 아주 시원했다. 뜨거웠던 몸은 10분도 지나지 않아 식어버렸다. 땀만 식히고 바로 밖으로 나갈 생각이었는데 하필이면 컴퓨터 매장의 익살스럽게 생긴 남자 직원한테 걸려들고 말았다. 심지어 생긴 것도 개그맨 미야카와 다이스케랑 똑같이 생겼다.

"컴퓨터 필요하죠. 수업 때도 컴퓨터를 사용하니까. 언젠가 사겠지만…… 그래도 12만 엔은 너무 비싸요. 학생이라 사기 힘들어요."

"아니에요, 아가씨! 지금 안 사면 절대 못 사요!"

"그래도 지금은 못 사요."

"오케이, 알겠어요! 이건 무슨 인연이에요. 제가 드릴 수 있는 서비스는 모두 다 드릴게요!"

"예?"

"이 컴퓨터, 단돈 5만 엔에 드릴게요."

"……!"

"게다가 제가 사후관리까지 해드리죠!"

"……?"

마지막 서비스는 사양했지만, 태어나서 처음으로 그 자리에서 컴퓨터를 충동구매하고 말았다. 더위를 식히려고 우연히 들른 전자제품 매장에서 말이다. 상자 귀퉁이에는 남자 직원의 메일 주소가 적힌 종이가 붙어 있었다. 스스로도 왜 그랬을까, 하며 살 생각이 없었던 컴퓨터를 한 손에 들고 매장을 나오니 자전거를 타고 왔다는 게 생각났다.

'어떻게 집에 가지? 그보다 어쩌다 이걸 사서……'

여러 가지로 불안하고 복잡한 마음이 드는 가운데, 결국 집까지 컴퓨터를 들고 비틀거리며 자전거를 타고 가게 되었다. 그때 나는 학교 근처 에비스의 낡은 아파트에 세 들어 살고 있었다. 한여름에 컴퓨터를 안은 채 자전거를 타는 것은 쉬운 일이 아니다. 게다가 신주쿠에서 에비스까지는 거리가 꽤 된다. 점점 손이 아파왔다. 이제 5분만 더 가면 집에 도착할 수 있는 에비스 사거리인데, 결국 자전거와 함께 보기 좋게 넘어지고 말았다.

지나가던 사람들이 안됐다는 듯이 나를 쳐다보며 횡단보도를 건너고 있었다. 그때 뒤에서 소리가 들렸다.

"괜찮아요?"

젊은 남자의 목소리였다. 너무 창피해서 얼굴도 들지 못한 채 "괜찮아요."라고 말하고는 다시 자전거 손잡이를 잡았다. 그런데 이번에도 균형을 잡지 못하고 넘어지고 말았다.

"이런, 전혀 괜찮지가 않네요. 내가 잡을게요!"

"집이 가까우면 집까지 옮겨줄게요."

얼굴을 들어보니 탱크톱 차림에 얼굴이 검게 탄 남자 둘이 서 있었다. 내가 넘어진 것을 보고 달려와준 것이다.

'아!'

그때 뭐라고 잘 표현할 수는 없지만, 태어나서 처음으로 불가사의한 감각을 느꼈다.

'드디어 만났다!'

두 사람을 보자마자 이런 생각이 들었다. 지금 생각해도 '뭐였을까?' 싶을 정도로 선명했던 이 감각은 전에도, 후에도 없었다. 이런 감각을 느낀 건 오직 이 만남뿐이었다. 처음 만났는데도 무척 반가운 느낌이었다. 마치 먼 곳에 떨어져 살다가 아주 오랜만에 고대하던 사랑을 만난 것 같은 떨림이 있었다. 나 혼자 그렇게 느꼈는지, 두 사람도 그랬는지는 모르겠지만, 세 사람 모두 이 만남을 특별하게 느낀다는 건 알 수 있었다. 아주 강렬하고 기분 좋은 긴장감이 흐르고 있었다.

결국 컴퓨터를 옮겨주기로 하고 집에 도착할 때까지 5분도 걸리지 않는 길을 셋이서 쉼 없이 얘기하며 걸어갔다.

몽 상 가 의 삶 이 아 닐 까 ?

두 남자는 겐과 유키오다. 셋은 나이도 비슷하고 모두 규슈 출신이기도 해서 화제가 풍성했다. 두 남자가 만난 사연도 재미있었다. 이 둘은 태국에서 만났다고 한다. 각자 혼자 태국을 여행하다 우연히 만났고, 2주 정도 함께 다니고는 일본에서 다시 만나기로 하고 헤어졌다고 한다. 에비스 사거리에서 나를 만난 날은 두 사람이 일본에서 다시 만난 날이었다.

두 사람이 사는 방법은 나에게 너무나도 신선했다. 유키오는 발레 댄서로, 다음 달부터 발레단에 들어가 프로로 활동한다고 했다. 열두 살 때 처음으로 배를 타고 세계 일주 여행을 하면서, 그때부터 유럽과 동남아시아의 댄스를 배우거나 자유롭게 머물다, 훌쩍 해외로 여행을 떠나기도 했다고 한다. 겐은 일본과 해외에서 봉사활동을 하며 지낸다고 했다. 스위스에서 농사를 짓거나, 캄보디아에서 봉사활동을 했다고. 그리고 곧 아프리카로 짧은 봉사활동을 떠날 예정이라고 했다.

이들이 살아가는 방식을 듣기 전부터 나는 시원하게 웃는 둘의 모습이 참 좋았다. 겐과 유키오에게는 여유 있고, 넉넉하며 무한한 자유와 평화로움을 풍기는 분위기가 있었다.

"세상이 평화로워지는 삶을 살고 싶어. 일은 삶이니까."

내 시야가 갑자기 밝게 탁 트이는 느낌이 들었다.

응? 뭐라고?

어른이 되어서도 그런 생각을 하며 살아도 되는 걸까?

어떻게 그렇게 살 수 있지?

일이 삶이라니, 무슨 뜻일까?

가슴이 뜨거워지고, 발걸음이 떨렸다.

뒤처지지 않으려면 달려야 해

당시 나로 말하자면, 스스로 선택한 길에서 헤매고 있었다. 하지만 헤매고 있다는 사실조차 인정하지 않고 있었다. 내가 가진 것이라고는 패션 학교에 다니는 학생이라는 보잘것없는 신분이 전부였다. 이 두 사람은 어째서 이렇게 자유로울까? 특별한 능력이 있는 것도 아니고 경력이 화려한 것도 아닌데. 그때까지만 해도 나한테 외국에 나간다는 선택지는 없었다. 목적도 없이 여행한다는 것도 전혀 이해할 수 없었다. 내 머릿속에는 큰 길이 있었고, 목표는 언제나 그 길 위에 있었다. 그 길에서 벗어나는 것은 무서운 일이고, 멈춰버리면 목표는 점점 더 저 앞으로 멀어져간다고 생각했다.

서둘러야 한다.

그런데 언제쯤이면 도착할 수 있지?

뭔가 바뀌려 한다

집에 도착한 뒤, 조만간 다시 만나자는 약속을 하고 두 사람과 헤어졌다. 문 앞에서 둘을 배웅하며 검게 탄 겐과 유키오의 등을 보고 있자니, 몸속의 피가 아주 빠르게 돌고 있는 것이 느껴졌다. 가슴이 뜨거워지면서 몸 깊은 곳에서 두근거리고 설레는 마음이 솟구쳤다. 오늘 하루 동안 겪은 신기한 일이 빠른 속도로 머릿속에 맴돌았다. 발치에는 신제품 컴퓨터 한 대가 널브러져 있다. 잘 이해할 수 없었지만, 뭔가 크게, 바뀌려 하고 있었다.

새로운 문이 열린 것 같은 느낌이었다.

가 장   비 일 상 적 인   날 들

그해 여름은 너무 짧았다. 그 후 젠, 유키오와 함께 단 하루도 의미 없이 보내지 않겠다며 날마다 충분히 즐기며 살았다. 마쓰리에 참가해 축제를 즐기고 캠핑도 떠났다. 침낭 속에 들어가 무수히 쏟아지는 유성 아래에 누워 잠들기도 했다. 잊을 수 없는 나날이었다. 하루하루가 신선하고 비일상적이었다. 매일매일 꿈을 꾸는 듯한 최고의 날들……. 서로 모르고 지냈던 시간을 메워버리기라도 하듯, 우리는 얼마 남지 않은 여름을 허비하지 않고 충실하게 하루하루를 보냈다. 그리고 더없이 즐거웠던 짧은 여름이 어느새 끝나버렸다.

늘 그랬듯, 비슷하고 담담한 일상이 다시 시작되었다.

여 름 이   끝 나 다

여름이 끝나자 유키오는 발레단에 입단했다. 젠은 아프리카로 봉사활동을 떠났다. 그리고 나는 여느 때처럼 패션 학교에 다니는 일상으로 돌아왔다. 늘 보내던 그런 일상이었지만, 내 눈에 비친 세상은 이제 전혀 여느 때와 같지 않았다. 학교는 변함없이 바빴고 여전히 목적지는 보이지 않았다. 하지만 무언가가 바뀐 것 같았다. 좁았던 시야가 아주 조금 더 환해지고 넓어진 느낌이 들었다.

아직, 잘은 모르겠지만.

아프리카에서 젠이 귀국하는 날이 다가왔다. 젠은 출발할 때 귀국하는 날 공항에 마중 나와달라고 했다. 그런데 그게 무척 어려운 일이었다. 아프리카로 출발하기 전날이었다.

"마호, 한 달 후 ○월 ○일에, 그러니까, 몇 시쯤이지? 아무튼 그날 아프리카에서 돌아오니까, 공항에 꼭 와줘!"

이 말만 남기고 젠은 떠났다. 어느 공항으로 오는지, 어느 항공사인지, 정확한 시간조차 알려주지 않았었다. 나리타공항으로 올 거라는 생각에 일단 공항으로 향했다. 공항에 가기는 했지만 나리타공항은 넓었다. 게다가 국제선 구역은 거의 외국인 직원이 담당하고 있었는데, 영어로 말하니 알아들을 수도 없었다. 그보다 한 달 전의 약속을 젠은 제대로 기억이나 하고 있을까?

소중한 사람들과 재회를 기뻐하는 주위 사람들 속에서 망연자실해서 두리번거리다 보니 시커먼 물체가 눈에 들어왔다. 큰 키에 검게 탄 피부, 이름 모를 부족의 북을 끌어안고 있는 모습이 묘하게 믿음직스러워 보였다. 맞다, 그 사람은 분명 현지에 동화된 젠이었다. 과연 그의 겉모습은 일본인의 풍모가 아니었다.

"어, 마호! 다녀왔습니다!"

언제나 나에게 보여주었던 유쾌한 웃음과 더욱 하얗게 두드러지는 이를 빛내며 젠은 활짝 웃었다. 다행이다! 웃는 모습이 전과 같다. 이가 너무 하얘졌지만! 활짝 웃는 젠의 얼굴은 단숨에 나를 지난여름으로 데려가주었다. 갑자기 일상이 아닌 곳으로 데려가준 것이다. 다시 가슴 깊은 곳이 두근거리며 떨려왔다. 그 불가사의한 일상이 다가오는 신호이다.

"겐, 어서 와!"

새까맣게 탄 겐을 와락 안아주었다.

마침 겐이 아르바이트하는 곳이 우리 집과 가까워서 귀국 후에는 함께 지내는 시간이 많아졌고, 얼마 지나지 않아 우리는 사귀는 사이가 되었다. 겐은 상상한 것 이상으로 아주 특별했다.

겐 의 방 식

겐은 고향에서 지내왔기 때문에 도쿄에는 집이 따로 없었다. 그래서 에비스에서 혼자 살고 있는 내 집에 종종 찾아왔다. 겐과 사귀며 알게 된 것이 있는데, 그의 가치관은 나와, 아니 세상과, 좋은 의미에서 벗어나 있다는 점이었다.

먼저 '자기 것'에 대한 개념이 별로 없다. 그렇기 때문에 뭐든지 다른 사람과 나눈다. 자신이 번 아르바이트비조차 나누는 사람이었다.

겐이 일주일 동안 착실하게 아르바이트를 했을 때다. 겐은 당시 돈이 너무 없어서 교통비를 아끼겠다며 보통 전철로 다닐 거리를 나의 미니벨로를 타고 다녔다. 급여를 받던 날, 직접 현금으로 받았는지 두툼한 갈색 봉투를 자랑스럽게 보여주었다.

"마호, 이거 봐. 많이 받았지? 엄청 힘든 일이었거든."

젠은 싱글벙글 하며 봉투 속을 확인하더니, "마호, 이거 절반!" 하며 눈앞에서 지폐를 반으로 나누어 내게 5만 엔을 건네주었다.

나는 깜짝 놀랐다.

"어? 왜? 젠이 번 돈이잖아. 어떻게 받아!"

젠도 어리둥절한 표정이었다.

"받아, 받아. 마호도 돈이 없잖아. 나랑 같은데, 뭐."

그렇게 말하며 웃는다.

한번은 젠의 휴대전화에 모르는 번호로 자꾸 전화가 걸려온 적이 있다. 마음이 쓰여서 물어보았다.

"아, 태국에서 만난 아저씨야. 이 아저씨가 좀 이상하더라고. 아저씨라기보다는 이젠 할아버지나 다름없는데, 태국에서 묵으려고 했던 싸구려 숙소에서 숙소 주인과 옥신각신하고 있더라고. 아저씨가 장기 체류하고 있던 모양인데, 돈을 내지 못해서 쫓겨날 지경이 된 거야. 하하하, 좀 바보 같지?"

젠은 그 이상한 아저씨가 숙소에서 쫓겨나는 걸 보지 못하고, 결국 숙박비를 전부 대신 내주었다는 것이다. 정작 자신은 싸구려 숙소조차 구하지 못해 매일 노숙을 했다고.

"숙소도 없고 캠핑 도구도 없었거든. 잘 수 있는 곳이라면 어디든 찾아다녔지. 공원이나 맥도날드 같은 데. 태국 밤거리를 엄청 돌아다녔다니까. 사람이 자고 싶을 때 안전한 잠자리가 없는 것만큼이나 괴로운 일도 없어. 겪어보지 않으면 몰라."

이렇게 말하면서도 해맑게 웃는다.

그 이상한 아저씨는 사실 도산한 큰 회사의 사장이었다. 나중에 일본에 돌아왔고, 제대로 신세를 갚고 싶다는 전화였다. 기적 같은 일이다.

"나호, 돈이든 밥이든 물건이든, 나누면 가난한 사람도 배고픈 사람도 없어지잖아. 사람들이 서로 나누면서 살아가면 좋잖아."

이렇게 말하고 실실 웃는다. 겐의 꾸밈없는 말은 설득력이 있었다. 구두쇠인 나는 겐의 훌륭한 나눔 정신에 무임승차해서 언제나 받기만 하는 편이었다.

내가 존재하는 '지금 이 순간'

당시 나는 패션 학교에 다니면서 매일 수업과 숙제와 취직 생각만으로도 머리가 복잡했다. 언제나 버릇처럼 "바쁘다, 바빠!"라는 말을 입에 달고 살았다. 초라한 월급쟁이 같은 생활이었다. 그런 나에게 겐은 자주 도시락을 만들어 학교 근처까지 가져다주곤 했다.

그러던 어느 날, 도시락을 들고 오는 겐의 모습이 어딘지 이상했다. 도시락이 지나치게 컸다. 자세히 보니, 들고 있는 게 도시락이 아니라 전기밥솥이었다. 게다가 다른 손에는 밥그릇까지 들고 있었다.

"어이, 마호, 미안! 오늘 늦잠을 잤지 뭐야. 흰밥뿐이지만 이해하고 먹어줘."

또 해맑게 웃으며 말한다. 아뿔싸, 겐! 흰밥뿐인 게 문제가 아니라 밥솥을 들고 오다니! 하지만 이런 건 겐에게 전혀 문제가 되지 않았다.

공원에서 전기밥솥의 밥을 그릇에 퍼 담는 풍경은 지금까지 본 적 없는 초현실적인 풍경이었다. 하지만 그 순간만큼은 다음 수업이나 내일 과제, 산처럼 쌓인 해야 할 일들이 모두 어떻게든 잘 해결될 것처럼 느껴졌다.

또한 겐은 돈이든 시간이든 '없어병'에 걸린 나에게 언제나 딱 맞는 아이디어를 제시해주었다. 돈이 없을 때 두 사람의 지갑을 다 털어서, 우리 앞에 놓인 적은 돈으로 '얼마나 사치할 수 있을지'를 생각하는 놀이다. 그 돈으로 살 수 있는 맛있는 수제 햄을 사러 돌아다니거나, 그럴 돈도 없을 때는 마시다 남은 와인에 좋아하는 음악을 곁들였다. 창을 통해 들어오는 바람과 석양이야 말로 정말 최고의 사치였다.

겐과 함께 있으면 돈이 없어도, 시간이 없어도 즐거운 나날을 보낼 수 있었다.

"바쁘다는 건 지금 이 순간에는 존재하지 않아. 이 순간이라는 시간에는 언제나 지금을 즐기는 마음만 있는 거야."

가진 것 하나 없어도 젠은 진정한 풍요가 무엇인지 아는 사람이었다. 진정한 풍요는 지금 이 순간을 충분히 즐기는 것이었다. 그것을 젠은 온몸으로 재미있게 알려주었다.

대 지 진 의 　 혼 란 　 속

그리고 2011년 3월 11일, 마침내 그날이었다. 동일본대지진.

그날은 신주쿠의 전자제품 매장에서 파견 아르바이트를 시작한 첫날이었다. 나는 1층 텔레비전 코너에 있었다. 그때 마침 손님을 응대하고 있었는데 갑자기 바닥이 덜컹덜컹하며 흔들렸다.

"어머, 지진인가보네?"

"정말이네요. 아, 그친 것 같지요?"

그래서 다시 제품 설명을 하려고 손님에게 몸을 돌리는 순간, 덜컹 덜컹 덜컹 하더니 지면이 위아래로 심하게 흔들렸다.

"꺄악!"

"위험하니 움직이지 마세요!"

손님의 비명과 매장 직원의 다급한 목소리. 무엇보다 대단했던 것은 넘어지려고 하는 대형 텔레비전을 받치기 위해 한 직원이 엄청난 속도로 달렸던 것이다. 정말 프로다웠다.

흔들림은 꽤 오래 이어졌다. 매장 입구가 열려 있어 거리의 상황이 훤히 보였다. 공포와 불안으로 가득 찬 목소리와 비명, 길

위를 달리는 사람들, 웅크리고 있는 사람들의 모습이 진동 탓에 흔들리게 보였다. 건물도 맥없이 흔들리고 있다. 잠시 후 진동이 멈추고 매장도 일단 진정이 되었다.

"나는 요 근처에서 네일숍을 경영하고 있는데, 거기가 10층이에요. 직원이 아이와 함께 있는 데다 너무 걱정돼서 일단 가봐야겠어요. 지금까지 설명해줬는데 정말 미안해요."

"예, 조심하세요!"

손님은 정중하게 사과하더니 구둣발 소리를 요란하게 내며 뛰어나갔다. 내가 일하는 매장도 1층은 무사했지만, 위층에는 파손된 데가 있어서 매장 문을 닫을지 말지 의견이 분분했다.

"진도가 어느 정도였지?"

"엄청 흔들렸어."

"진원은 어디래?"

진열되어 있는 텔레비전의 모든 화면에서 뉴스가 흘러나왔다. 모두 일은 제쳐두고 텔레비전 앞에 모여들었다. 진원은 도호쿠 지역. 진도는 수시로 바뀌고 있었다. 예사롭지 않았다. 그런데 갑자기 텔레비전 화면이 바뀌었다. 텔레비전 화면에는 검고 어두운 파도가 무서운 기세로 떠밀려오는 모습이 꽉 채우고 있었다.

"뭐야 이거?"

"쓰, 쓰나미? 쓰나미야!"

매장이 소란스러워졌다. 누가 도호쿠 지역 출신이라는 얘기,

고향에 전화를 해야 한다는 얘기 등이 오가며 다급하고 긴박한 분위기로 바뀌었다. 하지만 휴대전화를 사용할 수가 없었다. 전파가 통하지 않았다. 거리에 있던 사람들이 텔레비전 뉴스를 보기 위해 갑자기 매장 안으로 밀려들어왔다. 매장은 순식간에 사람들로 미어터질 것 같았다. 들큰한 체취와 소란스럽게 튀어나오는 소리, 그리고 사람, 사람, 사람.

"밀지 마세요! 실례합니다! 매장 안이 매우 혼잡합니다! 매장을 이용하는 손님 외에는 들어오지 말아주세요! 더 복잡해지면 위험해지니 들어오지 말아주세요!"

직원이 외치는 소리가 몰려든 사람들한테는 들리지 않는 모양이었다. 나를 포함한 다른 직원들도 서 있을 곳이 없어서, 상품 진열대를 찾아 올라갔다. 이미 진열대 위에는 텔레비전을 물어뜯을 듯이 쳐다보고 있는 수많은 사람들이 올라가 있었다. 진기한 광경이었다.

"휴대전화가 터지지 않아."

"어떻게 집에 가지?"

"집에 전화가 안 돼."

"쓰나미 피해는 얼마나 큰 거지?"

"전철은 다닐까?"

"내일 회사는 어떻게 가?"

"뭐가 어떻게 됐다고?"

여러 말이 어지럽게 떠다니고 있었다. 불안과 혼란과 공포가 섞여 매장 안은 혼돈스러웠다. 나는 영화를 보는듯할 뿐, 방금 본 광경이 실제라는 느낌이 들지 않았다. 그저 가만히 서 있었다. 머리가 돌아가지 않았다. 매장이 차분해지자 점점 돌아가는 상황을 이해하게 되었다.

진원은 도호쿠 지역으로 피해가 엄청나다는 것, 전철은 멈췄고 아직 복구 방법을 찾지 못했다는 것, 휴대전화가 연결이 안 된다는 것, 그리고 비상사태라는 것.

아르바이트 직원은 퇴근을 해도 좋다는 연락이 왔다. 집에 갈 수 없는 사람은 매장에 남아도 된다고 했다.

"마호, 첫날부터 너무 고생 많았어요. 전철이 다시 다닐 때까지 모두 한잔 하자고 하는데 같이 갈래요? 환영회도 겸해서."

남자 파견사원이 술자리에 청해주었다. 파견사원은 남자가 월등히 많았다. 그러고 보니 오랜만에 여자 파견사원이 들어왔다며 반기는 말을 듣기는 했다. 혼자 남게 되는 건 어쩐지 불안하다. 어떻게 하지? 직원들 중에도 걸어서 집에 가겠다는 사람, 매장에 남겠다는 사람, 술집에 가는 사람 등 제각각이었다. 나는 어떻게 하면 좋을지 판단할 수가 없었다.

"같이 가요. 매장에 남아도 전철이 언제 다닐지 모르는데. 휴대전화도 불통이고."

그의 한마디에 그럴까, 하고 술집에 가기로 결정했다.

겐은 괜찮을까? 오늘 선배를 만난다고 했는데. 기치조지 역 근처에 있을 거다. 문득 겐이 걱정되었다. 하지만 겐이 잘 알아서 하겠지. 무사할 거야. 휴대전화도 안 되니 통화할 수도 없고…….

다섯 명이 술집에 가게 되었다. 술집은 전철 운행을 기다리겠다는 비슷한 생각을 가진 사람들로 붐볐다. 세 군데 정도 헤매다가 한 술집을 찾았다. 갑자기 일을 쉬게 되었다는 해방감과 비상사태에 대한 불안, 묘한 흥분과 피로, 술집은 각양각색의 긴장감이 섞여 야릇한 분위기를 풍겼다. 우리는 늘 하던 대로 술을 주문하고 언제쯤 전철이 다닐지를 이야기하며 평소처럼 안주를 먹었다. 어쩐지 심한 위화감이 들었다.

비상사태인데도 평소와 별로 다르지 않다. 이래도 괜찮은 걸까? 내가 지금 느끼고 있는 이 감정이 무엇인지 잘 알 수가 없었다. 무엇을 의지해야 좋은지도 알 수 없었다. 그때, 부르르르 하고 일제히 휴대전화의 진동이 울렸다.

"휴대전화가 터졌어!"

누군가의 한마디에 모두 자기 휴대전화를 확인했다. 나도 확인했다. 전화와 문자 메시지 등 10건이 넘는 통화 기록이 한꺼번에 들어왔다. 그중 한 건의 메시지에 눈이 갔다. 겐이다!

"신주쿠, 마호가 아르바이트하는 매장 동쪽 출입구에서 기다리고 있음."

급하게 쓴 듯한 문장이다. 전파가 곧 끊어질 것을 알고 지진이 일어나자마자 바로 보낸 모양이었다. 겐이 메시지를 보낸 지 이미 3시간이나 지났다.

"죄송해요! 저 갈게요. 이거 술값이에요!"

3천 엔을 테이블에 놓고 서둘러 술집을 나왔다. 3시간 전에 보낸 메시지다. 겐이 아직도 있을까? 여진도 있었는데, 괜찮을까?

어쨌든 뛰었다. 술기운이 돌아서 약간 어질어질했다. 술은 마시지 말걸 그랬다. 내가 아르바이트하는 전자제품 매장 앞에는 커다란 사거리가 있어서 언제나 사람이 붐비는 곳이다. 오늘은 전철이 다니지 않아 목적지로 가지 못하는 사람들로 거리는 더욱 북적였다. 인파를 뚫고 메시지에 적힌 곳으로 달렸다. 3시간이나 흘렀으니 다른 곳으로 갔을지도 몰라.

사거리 맞은편이 동쪽 출입구다. 두리번거리며 시야가 닿는 범위 안에서 겐을 찾아본다. 내 눈에 키가 큰 남자가 서 있는 게 보였다. 오른손에는 스케이트보드를 들고 왼손에는 무거워 보이는 봉투를 들고. 분명 겐이었다.

3시간 전에 말한 장소에서 겐은 그대로 있었다.

"어이, 마호! 마호!"

나를 발견한 겐이 크게 손을 흔들었다. 겐의 얼굴을 보니 갑자기 안심이 되었다.

"겐, 계속 여기에 있었어?"

사거리에서 단숨에 달려갔다.

"다행이다, 다행이야! 마호! 못 만나는 줄 알았어. 계속 여기에 있었지. 마호는 어디에 있었어?"

갑자기 목이 메었다. 왜 이러지?

"매장 직원들이랑 같이 술집에 가게 됐어. 전철이 다닐 때까지 기다리려고."

젠은 나를 똑바로 보았다. 젠의 맑고 예쁜 눈동자에 미덥지 않은 내가 비치고 있었다.

"마호, 마호는 휴대전화가 없으면 아무것도 못해?"

마호는 휴대전화가 없으면 아무것도 못해? 술을 마셔서인지, 너무 달려서인지, 귓속에서 심장소리가 크게 들렸다.

"마호, 사람에겐 어떤 상황에서도 판단하고 움직일 수 있는 힘이 있어. 스스로 느끼고 행동해야 해. 휴대전화나 뉴스가 아니라 스스로 판단하는 거야."

눈시울이, 가슴속이 뜨거워졌다. 정말 뜨거웠다. 숨을 쉴 수가 없었다. 사거리의 차량 소음, 사람들 소리, 혼란스러운 공기가 뒤죽박죽 얽힌 공간 속에서 젠과 내가 서로 마주보고 서 있었다.

다른 무엇도 아닌 나 자신이 된다는 것

지진이 일어났을 때, 젠은 기치조지행 전철을 타고 있었다고 한다. 선배네 집에서 마시려고 준비한 술과 트레이드마크인 스케이트보드를 안고. 그런데 전철이 기치조지 역 플랫폼에 도착했을 때 최초의 흔들림이 일어났고 그 충격으로 전철의 출입문이 닫히지 않았다고 한다.

사람들이 전철이 움직이기를 기다리고 있는 동안, 겐은 사태가 심각하다고 판단해 전철에서 내렸다. 여진의 위험성 때문에 스케이트보드를 메고 술이 담긴 봉투를 든 채 바로 기치조지에서 내가 일하는 신주쿠까지 10킬로미터가 넘는 길을 달렸다. 그런 다음 휴대전화가 언제 다시 개통될지 알 수도 없는 상황에서 같은 장소에서 계속 기다려준 것이다.

"가장 무서웠던 건 마호를 못 만나는 거였어. 전철도 당분간 움직이지 않을 텐데, 여기서 못 만나면 헤어지게 될 것 같았거든. 그래도 기다리면 언젠가 올 거라고 생각했어. 하하하!"

겐은 웃으면서 술을 골라냈다. 소다와 주스류만 남기고 나머지 술은 놓고 가려는 모양이었다.

"당분간 못 사게 될지도 모르는데 마실 수 있는 것만 가져가는 게 좋을 거야. 마호, 이걸 들고 여기에 앉아."

나는 스케이트보드에 앉아 주스가 든 봉투를 발로 고정시켜 떨어지지 않도록 했다.

"자, 간다!"

겐이 내민 왼손을 꽉 잡았다. 마치 개를 산책시키는 것처럼 스케이트보드 위에 앉은 내 손을 잡고 앞으로 달려갔다. 덜커덩덜커덩 소리를 내는 스케이트보드에 여자를 태우고 달리는 모습이 그날의 분위기와 어울리지 않게 꽤 우스워 보였을 것이다. 지나가는 사람들이 우리를 보고 웃으며 사진을 찍기도 했다. "감사합니다!"라며 맞장구를 쳐주는 한결같은 젠이 안심이 되었다.

도쿄의 하늘은 어쩐지 불편한 느낌을 주는 색깔이었다. 밤인데도 하늘이 붉고 어둡지가 않다. 먼지가 꽉 찬 것처럼 보이는 정말 기분 나쁜 하늘이었다.

모두 터벅터벅 걷고 있었다. 엄청난 인파가 이동하고 있는데도 질서는 유지되고 있었다. 피곤한 기색이 역력하고 앞으로 어떻게 될지 알 수 없는 상황에서, 불안하고 무거운 하늘 아래를 어쨌거나 모두들 걷고 있었다.

전쟁이 일어나면 이런 느낌일까? 그런 생각이 들게 하는 이상한 풍경이었다. 그 속에서 젠은 내 손을 끌며 앞만 보고 성큼성큼 앞으로 달리고 있다. 나라면 언제 올지 모르는 사람을 믿고 계속 기다릴 수 있었을까? 휴대전화도 연결되지 않는데? 전철이 멈췄을 때, 젠은 어떻게 주저하지도 않고 나한테 달려왔을까? 술이 담긴 봉투도 꽤 무거웠을 텐데. 전철의 선로를 따라 땀을 닦으며 단호하게 달리고 있는 젠의 모습이 눈에 아른거렸다.

진실이란, 옳다는 건 무엇일까?

신주쿠는 도로 정체가 심해서 자동차가 전혀 움직이지 않았다. 굉장한 행렬이었다. 평소에는 걷지 않을 거리를 걸어서 집으로 돌아가는 부모와 아이. 하이힐을 신은 여성은 발이 아파 보였다. 외국계 패스트푸드점은 직원들을 위한다며 일찌감치 매장을 닫았다. 라운지를 개방하고 사람들에게 모포를 나눠주는 호텔. 뜨거운 커피를 무료로 나눠주는 프랜차이즈 카페, 아이와 함께 있는 직원이 걱정된다며 10층에 있는 네일숍으로 서둘러 돌아간 텔레비전 매장의 손님, 떨어지는 대형 텔레비전을 받치려고 순식간에 달려온 매장 직원, 술집에서 전철을 기다리고 있던 나.

과연 무엇이 옳은 걸까?

무엇을 믿어야 좋은 걸까?

하루도 빠짐없이 정확하게 운행하는 전철은 작은 사고가 나도 크게 어그러져버린다. 긴급사태가 일어나자 전혀 움직일 수 없게 되었다. 말끔하게 양복을 차려입은 샐러리맨들이 술집에서 "오늘은 마시자!"며 웃으며 외치던 소리. 전철에서 내려 못 만날지도 모르는 나에게 달려와 기다려준 겐.

뜨뜻미지근하고 찝찝한 바람이 몸을 스친다. 나는 겐의 넓고 큰 등을 보고 있다. 꽉 잡은 손에는 땀이 배어 있다. 겐은 아무것도 가지지 않았다. 돈도 없고 지위도 없다. 술집의 샐러리맨들처럼 훌륭한 스펙을 갖춘 것도 아니다. 하지만 겐은 겐이었다. 어떤 순간에도, 어떤 사람도 되고자 하지 않았다.

그럼, 나는?

겐의 말이 메아리친다.

"마호, 사람에겐 어떤 상황에서도 판단하고 움직일 수 있는 힘이 있어. 스스로 느끼고 행동해야 해. 휴대전화나 뉴스가 아니라 스스로 판단하는 거야."

젠의 눈에 비친 찌질한 나.

나는 도대체 뭐지?

젠이 끌어주는 스케이트보드는 덜커덩덜커덩 소리를 내며 나를 태우고 언덕을 내려갔다. 지금, 꽉 잡은 젠의 손과 안심하고 있는 내 마음, 이것만큼은 진실임을 알 수 있다. 이 두 가지만은 믿을 수 있다는 것. 그것만큼은 확실히 알 수 있었다. 언덕을 내려오자 마침내 젠의 등 너머로 눈에 익은 낡은 아파트가 보였다.

후 회 하 며　살 고　싶 진　않 아

신주쿠에서 에비스까지는 3시간이 넘게 걸렸다. 집 안이 엉망진창일 거라고 생각했는데, 떨어진 것은 샴푸 정도였다.

"여기는 전혀 흔들리지 않았네?"

둘 다 안심했다. 집에 도착하자 피곤함이 몰려왔다. 젠은 더욱 그럴 것이다. 이불을 깔고 잠옷으로 갈아입었다. 텔레비전에서는 지진 뉴스만 나왔고 같은 내용이 몇 번씩이나 흘러나왔다. 오늘은 그만 보고 싶어서 텔레비전 전원을 껐다. 바로 잠들고 싶었다. 얼른 내일이 오기를 바랐다. 밀려오는 잠과 무겁고 지친 몸이 따뜻한 이불 속으로 파고들었다.

"피곤했지? 푹 자둬. 여기는 안전하니까."

겐이 이불을 덮어주었다.

"마호, 미안하지만 나는 나갔다가 올게. 밖에 잘 곳이 없는 사람들이 많이 있거든. 뭐든 내가 할 수 있는 일을 하고 올게."

"응?"

겐은 이불에 들어오지도 않고 땀으로 젖은 티셔츠만 갈아입었다. 이미 녹초가 되었을 텐데, 위험하다거나 여진이 오면 어떻게 하냐고 말하고 싶었지만, 아무 말도 할 수 없었다.

"괜찮아. 반드시 돌아올 거니까. 마호는 잠을 자둬. 무슨 일 있으면 연락할게."라고 말하며 늘 그랬듯 웃어 보였다. 전에 겐이 태국에서 노숙했던 얘기가 떠올랐다. 자고 싶은데 안전하게 잘 곳이 없었던 게 가장 힘들었다고.

분명 굉장히 피곤할 텐데 겐의 등은 언제나처럼 넓고 크고 단호했다. 곧게 뻗은 그의 등을 그저 물끄러미 쳐다보는 수밖에 없었다. 문이 닫히는 소리와 함께 겐이 나가버린 방에는 일순 정적이 감돌았다.

오늘 일어난 일은 마치 지어낸 이야기 같기도 하고, SF 영화 같기도 했다. 전혀 현실감이 없었다. 오늘 일어난 일은 사실일까? 자고 일어나면 여느 때와 같은 평범한 일상이 이어질 것 같았다. 눈앞에 오늘 하루가 천천히 재현되는 것 같다. 더는 생각하고 싶지 않은데, 그런데도 계속 어른거렸다.

만약 오늘 내가 죽었다면, 후회밖에는 안 남았을 거야.

왜지? 왜 그럴까? 더 즐기면 좋았을걸. 항상 뭔가를 쫓아가기 바빴다. 나는 도대체 무얼 쫓아간 거지? 누구한테 인정받고 싶었던 걸까? 나, 이대로 괜찮은 걸까?

쓰나미, 취한 샐러리맨, 멈춰버린 전철, 지진이 일어나자 바로 문을 닫아버린 대형 패스트푸드점, 길가의 분주한 사람들, 오늘 손님, 계속 기다려준 겐, 나를 붙잡아준 겐의 손. 무엇이 옳은 걸까? 빙글빙글, 커다란 소용돌이가 돌아가듯 오늘 있었던 일들이 휩쓸려 지나갔다.

눈이 빙빙 돈다. 몸이 이불 속 깊이 가라앉았다. 나는 이제 어떤 사람도 되고 싶지 않았다. 나는 내가 되고 싶었다. 눈을 감으니 곧게 뻗은 겐의 등만 아른거렸다.

두근거림이
바로
이정표

"죄송합니다! 퇴사하겠습니다."

머리를 깊이 숙였다. 다리가 가늘게 떨렸다. 긴장과 불안으로 위가 쓰렸다.

그래, 이걸로 됐어.

몸은 떨고 있었지만 마음은 후련했다. 그날 나는 인생에서 중대한 결단을 했다. 지난 7년 동안 좇아온, 그리고 내 전부라고 생각했던 '패션 디자이너가 되겠다'는 꿈을 버렸다. 그리고 '나로서 살겠다'고 결심했다.

3월 11일 동일본대지진이 일어난 지 반 년이 지난 후였다.

"마호, 사람에겐 어떤 상황에서도 판단하고 움직일 수 있는 힘이 있어. 스스로 느끼고 행동해야 해. 휴대전화나 뉴스가 아니라 스스로 판단하는 거야."

지진 직후 뒤죽박죽이 된 신주쿠 역. 그날 나를 똑바로 마주보며 겐이 했던 말을 잊을 수 없다.

뭐가 옳다는 거였지?

누구한테 인정받고 싶어서 열심히 했던 걸까?

3·11 대지진을 고비로 무언가가 흔들렸다. 지금까지 가졌던 가치관이 흔들리며 무너지기 시작했다. 나는 계속 목표를 향해 달려가며 누군가로부터 인정받고 싶어했다. 패션 디자이너가 되고자 했던 것도, 옷을 좋아했던 것도 모두 다른 사람이 아닌 스스로의 선택이었다. 그런데, 깨닫고 말았다.

지금 인생이 끝나면 후회밖에 남지 않는다는 것을.

스스로 선택한 길을 걸으면서도 지금의 인생을 좋아하지 않았다. 나는 어떤 인생을 살고 싶은 걸까? 그 뒤로 갈등의 나날을 보냈다. 올해는 2년 동안 다닌 학교도 졸업한다. 물론 그 다음에는 취직이라는 관문이 기다리고 있다. 주위의 친구들은 하나둘 취직되어 다음 단계를 기다리고 있었다.

하지만 나는 패션 디자이너로 살아가는 데 위화감밖에 들지 않았다. 패션 디자이너뿐만 아니다. 이제 예전의 삶으로 돌아가는 게 싫었다. 그러면서도 한편으로는 그 위화감을 인정하고 싶지 않았다. 지금까지 갖고 있던 것을 놓치고 싶지 않았으니까.

이렇게 정반대의 자신과 벌이는 싸움이 날마다 치열하게 펼쳐졌다. 그리고 나는 다시 목표를 찾기 시작했다. 여러 가지 직업을 견학한 후 이거다 싶은 게 없으면 다음엔 대학을 알아봐야겠다고 생각했다.

대학에서 다시 사회인 과정을 배우면 된다. 자격증을 따면 뭔가 찾아낼 수 있을지도 몰라. 그래, 직함이 있는 게 여러 모로 유리하지. 어쨌든 다시 목표를 찾아야 한다! 분발해야 한다!

나는 '여태까지 살아온 방식'과 '새롭게 살아가는 방식'을 선택하는 기로에 있다고 생각했다. 그런데 대학을 견학하고 돌아오는 길에 뭔가 툭, 하고 끊어지는 느낌이 들었다. 역 한 구석에 있던 나는 서 있을 수가 없었다.

두 근 거 리 는   삶 을   살 고   싶 어

심한 두통과 구토와 눈물 때문에 숙이고 있던 얼굴은 완전히 엉망이 되었다. 진심으로부터 도망치기 좋은 변명만 찾고 있던 얼굴이 갑자기 새하얗게 되었다. 더는 스스로에게 거짓말을 할 수 없었다.

나는 어떤 인생을 살고 싶은 걸까?

인생에서 가장 즐거웠던 때가 떠올랐다. 어릴 적 쌍둥이 언니 나호와 매일같이 놀았던 나날이었다. 그때가 가장 행복했다. 하루하루 즐거워서, 내일도 즐거우리라는 기대로 어쩔 줄 몰랐다.

날마다 반짝반짝 빛났다. 내가 보는 세상은 언제나 컬러풀했고, 나호와 함께한 나날은 그림책에서 튀어나온 듯이, 두근거렸다.

그때 문득 두통이 그쳤다는 것을 알았다. 갑자기 긴장이 풀리면서 어쩐지 몸이 가벼워진 느낌이었다. 즐겁기만 하고 아무런 고민도 없었던 어릴 적의 그 느낌에 감싸였다. 고개를 들자, 서점이 눈에 들어왔다. 정확하게는 서점이 아니라 잔뜩 진열된 책들 사이에 꽂힌 파란색 표지의 그림책이었다. 그 책 한 권만 빛을 발하며 내 눈에 들어왔다. 끌어당겨지듯 그림책을 손에 들고 보니…….

"두근거리는 삶을 살아라."라는 문구가 있었다. 그 문구에 몸속의 피가 새로 도는 느낌이었다. 귀가 뜨거워지면서 배 속에서 무언가가 북받쳐 올랐다.

그래, 이거야! 더 이상 나는 어떤 사람이 되고 싶지 않았다. 직업이나 자격 따위 필요 없다. 이젠 "스스로 살고 싶다." 두근거리는 내 인생을 걸어가고 싶은 것이다. 나호와 함께!

그것은 굉장한 충격이었다. 머리에 번개가 떨어져 온몸을 뚫고 지나가는 느낌이 들었다. 두근거리는 인생을 살아서는 안 된다고 생각했다. 더욱더 분발해야 한다! 목표를 세워야 한다! 내 안의 누군가가 언제나 그렇게 말했다. 하지만 답은 분명 이거다. 머리로는 아무것도 생각할 수 없었다. 몸과 마음이 "이거!"라고 온 힘을 다해 반응하고 있었다.

그대로 서둘러 에비스의 낡은 아파트로 갔다. 어떻게 돌아왔는지조차 기억나지 않았다. 흔들어댄 탄산에서 김이 죄다 빠져나간 것처럼, 온몸이 떨리고 두근거리는 감각이 멈추지 않았다. 집에 돌아와서는 쓰고 있던 노트를 펼치고 방바닥에 엎드려 나를 두근거리게 하는 일을 써내려갔다.

정말로, 자유롭게, 내가 살고 싶은 인생을 선택해도 된다면! '언젠가' 또는 '만약'이라는 말을 전제로 생각했던 것을 닥치는 대로 썼다. 노트는 순식간에 검은색으로 메워졌다. 글씨도 지저분해서 읽을 수가 없었다. 그래도 대단한 기대와 흥분이 고여 있다. 거기에는 예전에 '비현실'이라고 생각했던 말들이 잔뜩 씌어 있었다. 학교 선생님이나 부모님한테 보인다면 "무슨 생각을 하는 거야? 현실을 봐야지!"라며 꾸중 들을 말들이다. 하지만 멈출 수 없었다. 이젠 머리로 생각하지 않기로 했다.

다 쓰고 나서는 한숨 돌리고, 두근거리는 일을 빽빽하게 적어놓은 노트를 펼쳤다. 그리고 그중 하나에 빨간 펜으로 과감하게 동그라미를 쳤다. 별이 가득한 밤하늘에서 유성을 발견하듯이, 가장 두근거리고 가장 소망하는 '인생'을 찾아냈다.

"나호와 여행하며 두근거리는 삶을 살기."

이것이 내 인생의 대답이었다. 이성적으로 생각하면 현실감도 없고 평소 같았으면 말도 안 되는 답이었지만, 그것이 나의 진심이었다. 그 답을 떠올렸을 때가 내 인생에서 가장 두근거리는 순간이었으니까.

그리고 몇 개월 뒤, 나는 취직할 회사의 최종 면접에서 자진 사퇴를 했다.

시 작 의   시 작

그때부터 내 인생은 예측하지 못한 방향으로 흘렀다. 졸업하기 한 달 전, 전혀 접점이라고는 없는 세 명의 친구가 같은 책을 같은 말로 추천해준 것이다.

"인생을 바꾸는 신기한 책이 있어."

그리고 그 책은 졸업식 날 내 손에 들어왔다. 설마 그때 그 책이 정말로 내 인생을 바꿀 줄은 몰랐다. 내 인생은 움직임을 예측할 수 없는 수상한 롤러코스터를 타버린 것이다. 하지만 더없이 두근거리는 그런 롤러코스터를.

보통의 삶

그때 나는 후쿠오카에서 패키지를 제작하는 회사의 디자인 부서에서 근무한 지 1년 반쯤 되어가고 있었다.

언젠가 유명한 아트디렉터가 되고 말겠어! 그런 꿈과 야심을 품고 두근거리는 심정으로 이 회사에 들어왔다. 그런데 1년 반이 흐른 그때, 나는 매일 우울감에 빠져 지내고 있었다. 회사의 규정이라는 명목으로, 시간만 들고 의미는 없는 문서 작업이 산더미였고, 상사들은 사장 앞에만 서면 완전히 태도를 바꾸기 일쑤였다. 빨리빨리! 무조건 팔리는 것으로!! 이런 구호 아래 일이 진행되었으며, 표정 관리에 능하고 아부를 잘하는 사람들이 좋은 평가를 받았다.

내가 사는 세상이 이런 곳이었나? 이렇게 따분한 곳이었다니.

뭐가 옳고, 뭐가 좋다는 거지?

지금까지 내가 소중하다고 여긴 것이 고작 이런 것이었다니.

'뭔가 부족하다'는 느낌이 1년 반 동안 줄곧 떠나지 않았다. 그리고 어제는 선배로부터 이런 말을 들었다.

"이 회사는 네가 다니는 마지막 회사가 될 거야."

"네? 마지막 회사요? 무슨 뜻이에요?"

"그러니까 너는 지금 스물네 살이잖아. 지금 사귀는 남자친구랑 1, 2년 안에 결혼할 거고."

"흠, 그래도 모르겠는데요?"

"어쨌든 결혼해서 애를 낳으면 육아휴직도 할 거고, 아이를 키우면서 저 선배처럼 파트타임으로 복직해서 다니게 될 거잖아? 다른 회사에 가려고 해도 보통 이런 상황에서 채용해줄 회사는 없어. 그러니 여기가 마지막 회사가 될 거라는 얘기지."

나는 오싹 소름이 끼쳤다.

아, 내 인생은 대충 이렇게 정해진 걸까? 이 세상은 계속 이런 식인 걸까?

"뭐, 보통 그렇잖아?"

선배는 하품을 하면서 졸린 듯이 앞만 보고 얘기를 했다. 회의를 마치고 돌아가는 차 안이었다. 밖은 이미 어두워졌고 익숙한 시골길이었지만 가로등이 없으니 위험했다. 운전은 후배인 내가 하고 있었다. 어둠 속에서 옆 좌석에 앉은 선배의 표정 없는 옆모습을 슬쩍 보았다. 선배는 무슨 생각으로 그런 말을 했을까? 그냥 그렇고 그런, 뻔한 세상 이야기를 했을 뿐일까?

하지만 내 심장은 쿵, 쿵, 쿵 소리를 내며 거칠게 뛰고 있었다.

"이 회사가 마지막 회사가 될 거야."

"뭐, 보통 그렇잖아?"

선배의 말이 무슨 주문처럼 귓가에서 떠나지 않았다.

그게 사실일지 몰라. 그래, 지금 이대로 살아간다면 나는 사람들이 흔히 예상하는 대로 살겠지. 끔찍했다. 하지만 정말 그렇게 될지도 모른다고 생각한 나 자신이 더 소름끼쳤다. 이 회사에 다니면서 결혼하고 아이를 낳아 키우고, 파트타임으로 일하고, 언젠가 다시 정규직이 되어 경력을 쌓고, 지금의 이 따분한 세상이 계속 이어진다.

내가 꿈꾼 행복이란 이런 거였나?

이렇게 살면 행복할까? 이런 게 보통의 삶일까? 이런 삶에 익숙해져야 하는 걸까?

일을 마치고 돌아가느라 지쳐 있었고, 선배한테 들은 말은 주문처럼 귓가에서 시끄럽게 맴돌았다. 내가 운전하는 차는 앞이 보이지 않는 밤길을 쭉쭉 달려나가고 있었다.

일은 매일 넘쳐났다. 일이 싫은 건 아니다. 일하면서 재미와 즐거움을 느낄 때도 많다. 동료들도 있다. '무조건 팔리는 물건'을 좋아해주는 사람도 있다. 처세를 위한 웃음도 배웠다. 금요일과 토요일에는 일주일을 마무리하는 술자리를 가졌다. 그러다 정신 차리면 금방 월요일이었다.

'또 일주일이 지났네.'

그렇게 생각하는 날이 몇 번이나 왔다가 그저 지나쳐갔다. 시간이 가는 게 아주 빠르게 느껴진다. 하지만 무엇을 했는지는 잘 기억나지 않는다. 위화감과 뭔가 부족하다는 느낌을 마음 깊은 곳에 감춘 채 하루하루 살아가고 있었다.

항상 '뭔가 부족하다'는 느낌이 떠나지 않았다. 하지만 뭐가 부족한지는 알 수 없었다. 어떻게 하면 좋을지도 알 수 없었다. 이 사이클에서 어떡해서든 벗어나고 싶었다. '부족한 무언가'를 메우고 싶었다. 문득 정신을 차리고 보니, 나는 다른 업계와 모임을 갖거나 다양한 공부 모임에 출석하고 있었다. 자기계발서도 닥치는 대로 읽었다. 자기 이름을 걸고 강연을 하는, 성공한 사람으로 불리는 사람들도 만났고, 나처럼 무언가를 찾으며 분발하는 친구들도 생겼고, 실천할 수 있을지는 알 수 없으나 지식도 늘었다. 주변의 친구들한테 "넌 진짜 가능성 있어."라는 격려를 듣기도 했다.

'노력하고 있는 나 자신'이 뿌듯했다. 하지만 그것도 처음 얼마 동안이었고, 바로 '부족한 무언가'가 고개를 내밀었다.

· · · 그   밤 에   걸 려 온   전 화 · · ·

그날은 밤하늘의 별이 고운 날이었다. 자동차로 퇴근하는 길에 단골 서점에 들렀다. 서점 주차장은 넓었고, 지방이기 때문에 밤하늘이 잘 보였다.

"아, 예쁘다."

무심코 나온 그 말에 그리움이 묻어났다. 밤하늘을 보고 '예쁘다'고 느낀 게 얼마만의 일인가. 기분 탓인지 오늘은 여느 때보다 밤하늘이 더 아름답게 보였다.

나는 넓은 주차장 한가운데에 차를 세우고 앞 유리 너머의 밤하늘을 한참이나 바라보았다. 자기계발서를 읽기 시작하면서 퇴근길에 서점에 들르는 게 일과였다. 하지만 지금은 새로운 책을 사고 싶은 생각이 들지 않는다. 서점 옆 카페에서 오늘 배운 것을 노트에 옮겨 적을 기력도 없다. 자기계발서도 공부 모임도 정말 내가 바라는 건 아니라고 어렴풋이 느끼고 있었다.

차 안에서 그저 별을 보았다. 별도 달도 어릴 때와 다름없이 아름답게 빛나고 있었다. 그러고 보니 나는 별 보는 것을 무척 좋아했다. 쌍둥이 마호와 이불 속에 들어가서도 둘만의 밤하늘 아래에서 여러 가지 이야기를 나누었다. 좀처럼 잠들지 않아 부모님께 혼난 적도 많다. 마호와 함께 그린 밤하늘은 아주 특별하고 그리운 것이었다. 가슴이 뜨겁게 벅차올랐다. 도쿄에 있는 마호는 잘 지내고 있을까? 밤하늘 아래 차 안에서는 오랜만에 여유로운 시간이 흐르고 있었다.

"오늘은 정말 별이 예쁘네……."

"부르르르."

그때 커피 홀더에 놓아두었던 휴대전화가 진동했다. 마호다!

전에는 날마다 전화를 주고받았는데, 나는 후쿠오카, 마호는 도쿄로 떨어진 뒤로 좀처럼 연락을 하지 않게 되었다. 그렇게 사이가 좋았는데 바쁘다면서 연락을 하지 않는 날이 오다니, 어릴 적에는 상상도 못했던 일이다. 마침 마호를 생각하고 있었는데, 마호한테 전화가 왔다! 오랜만의 전화가 반가워 두근거리는 마음으로 전화를 받았다.

"여보세요, 나호?"

수화기 너머에서 흥분으로 튀어오를 것 같은 마호의 목소리가 들렸다.

"마호, 무슨 일 있어? 나도 마침 마호 생각하고 있었어."

마호의 목소리는 뭐랄까, 아주 기쁜 소식을 전해줄 것 같은 목소리였다. 그리고 감동으로 떨리는 것 같기도 했다. 그런 느낌이 수화기 너머까지 전해져왔다. 내 심장도 고동쳤다. 어쩐지 보통 전화가 아닐 것 같았다. 별이 쏟아지는 밤하늘 아래에 있다는 것도 어쩐지 꼭 그런 징조 같았다. 마호의 첫 마디는 예상도 하지 못한 말이었다.

"나호, 최근에 두근두근 설렌 적 있어?"

순간 시간이 멈춘 것 같았다. 가슴에서 쿵 하는 소리가 들렸다. 마호는 내 대답도 듣지 않고 계속 말했다. 마호는 한 가지 제안을 했다. 그것은 앞으로 우리 인생을 크게 바꿀, 아니 인생을 진정한 길로 되돌려줄 말이었다.

"어른이 되어서도 계속 두근거리는 인생을 살아도 된다는 말을 듣는다면 어떨 것 같아?"

어릴 때 마호와 함께 보냈던 두근거렸던 나날이 영상으로, 냄새로, 감각으로 몸 속 깊은 곳에서부터 끓어올랐다. 하루하루가 반짝거렸다. 오늘 누구를 만날지, 무엇을 할지 언제나 설레고 두근거렸다. 잠들기 전에도 둘이서 끊임없이 이야기를 나누었다. 별이 가득한 밤하늘을 보면서.

그랬다. 우리는 어른이 되어서도 이런 날이 계속될 줄 알았다. 그저 날마다 두근대고 설레며 살고 싶었을 뿐이었다. 내가 줄곧 뭔가 부족하다고 생각했던 건, 바로 이 '두근거림과 설렘'이었다! 머릿속에 닫혀 있던 문이 활짝 열리듯이, 시야가 열렸다. 여러 가지 감각이 한꺼번에 되살아났다.

"마호! 맞아, 그거! 내가 계속 하고 싶었던 거!"

그토록 그리웠던 '두근거리는' 감각이 온몸에 퍼졌고 나도 모르게 눈물이 흘렀다. 입사 후 1년 반 동안 열심히 노력했지만 위화감만 커졌던 것이며, 그런 자신을 어떡해서든 바꿔보려고 자기계발을 하고, 공부 모임에 꾸준히 나갔던 일, 자랑스레 쌓아올린 프라이드나 경력도 내 안의 부족한 무언가를 메우지 못했던 사실들. 수화기 너머에는 "그래, 그래." 하며 내 말을 들어주는 마호가 있었다. 둘 다 많이 울었다. 우리는 줄곧 같은 마음이었던 것이다.

"인생은 자유인데, 누가 그때처럼 두근거리며 살면 안 된다고 하는 거지? 그런 건 스스로 선택하면 되는 거잖아?"

눈물 때문에 더듬거리며 마호가 말했다.

"나호, 다시 한 번 그때처럼 같이 두근거리며 살지 않을래?"

몸이 떨릴 정도로 두근거리는 말이었다.

마호의 제안에 나는 바로 답했다.

"그래, 그래, 그래."

몇 번이나 고개를 끄덕이며 대답했다. 눈물이 멈추지 않았다. 그것은 어릴 적부터 꿈꿔온 우리 둘의 소망이었다. 하지만 언제부터인가 그렇게 살면 안 된다고 생각했던 것이다. 별이 총총한 하늘 아래, 후쿠오카와 도쿄를 잇는 그 전화는 우리가 정말로 살고 싶은 인생이 무엇인지 생각하게 했다. 정말 살고 싶은 인생이란 함께 두근거리는 삶을 사는 것, 그뿐이었다.

사흘 후 나는 회사에 사직서를 냈다. 다음 일은 아무것도 정해 놓지 않았다. 결정된 것은 오직 '두근거리는 삶을 사는 것', 그것뿐이었다.

연금술사

"겐, 나 말이야, 취직 안 하기로 했어."

"그래? 괜찮은 생각인데! 그럼 졸업하면 뭐할 거야?"

전파가 나쁜 탓에 휴대전화로 들리는 목소리가 가끔씩 끊겼다. 졸업이 코앞이던 그때, 겐과 나는 아프리카와 일본에서 장거리 연애를 하고 있었다. 물론 아프리카에 있는 쪽은 겐이었다.

3·11 대지진 후 겐은 후쿠시마에 지원활동을 가기도 했고, 자전거를 타고 전국의 농가를 방문하기도 했다. '농업'과 '자연', 겐은 자신이 추구하는 라이프스타일을 발견하면서 착실하게 거기에 다가가고 있었다. 그리고 마침내 오랫동안 꿈꿔온 국제협력과 관계된 일로 머나먼 아프리카에 가게 된 것이다. 기간은 2년

이었다. 1년 반이나 함께 있었는데, 이렇게 떨어지긴 처음이었다. 예전의 나 같으면 많이 불안했을 텐데, '스스로의 인생'을 살겠다고 결심한 후로는 젠과 떨어지는 것이 그렇게 불안하지는 않았다.

"나, 외국으로 여행을 가려고!"

나로 말할 것 같으면, 아직 미래에 관해서는 분명하게 결정한 게 없다. 취직 자리를 걷어차고 '내 인생'을 살겠다고 결심한 뒤로는 무엇이든 '두근거리는' 것만 선택했다.

"언젠가 꼭 한 번은 나호와 여행을 하고 싶어. 아직 나호는 일을 하고 있으니 어렵고, 그래서 내가 먼저 여행해보려고!"

"그렇구나. 몸조심하고! 마호, 정말로 혼자서 괜찮겠어?"

전과 다름없는 젠의 웃음소리가 들렸다. 젠은 아프리카에 있을 때도 내가 전화를 걸면 바로 받았다. 젠이 전화를 받지 않은 적은 한 번도 없었다. 내가 외로워하지 않게, 아프리카에서 농사일을 할 때도 언제나 주머니에 휴대전화를 지니고 있었던 것 같다. 정말 속 깊은 사람이다.

"그럼 아프리카가 목적지겠네! 기다릴게! 우유니 소금사막 같은 절경은 둘이서 보고 싶으니까 혼자 가면 안 돼! 약속해!"

"응, 알았어."

젠한테는 그렇게 말했지만, 언제나처럼 흔쾌히 대답이 나오지는 않았다. 내가 가고 싶은 곳은 아프리카인가? 이 여행은 젠을 만나겠다는 '목적'으로 출발하는 건가?

무엇을 위해 여행을 떠나는 걸까?

젠이 귀국하는 2년 뒤, 하물며 1년 뒤, 아니 졸업을 하는 몇 달 뒤만 생각해도 어떻게 될지 몰랐다. 언제나 '두 사람'을 함께 생각하는 젠과, 새롭게 마음먹은 인생만으로도 힘에 부친 나, 우리 사이는 어딘가 조금씩 균열이 생기고 있었다. 자신의 미래조차 계획할 수 없는 내가 어떻게 '두 사람'의 미래를 계획할 수 있을까, 결코 알 수 없었다. 여전히 젠을 많이 좋아하고 있었지만, 두 사람의 미래가 조금씩 갈라지고 있다는 것을 느꼈다.

하지만 어떻게든 되겠지. 우리는 언제나 어떻게든 함께했으니까. 그렇게 나에게 말했다. 내 인생은 앞으로 나아간다.

이 건 너 를 위 한 책 이 야

"마호가 읽었으면 하는 책이 있어."

앗, 또야?

데자뷔 같은 상황, 최근 한 달 동안 이 책을 추천받은 게 벌써 세 번째다. 졸업을 한 달 앞두고 '두근거리고 설레는 인생을 살겠다'며 취직 자리도 걷어찼던 그날, 오사카에서 함께 디자이너로 일했던 친구가 갑자기 책 한 권을 추천했다. 그로부터 일주일 후, 이번에는 고등학교 친구가, 그리고 오늘 이 말을 한 사람은 패션 학교 친구 아베다. 세 명이 추천한 책은 『연금술사』라는 책이다.

같은 책을 같은 이유로 추천받는 우연. '인생을 바꿀 책'이라는 말에 반드시 뒤따라오는 그들이 가진 인생 전환 에피소드. 우리는 학교 근처 술집에서 마주 앉아 있었다. 같은 규슈 출신인 아베는 나보다 조금 나이가 많다. 화장하지 않은 얼굴에 짧게 자른 검은 머리는 심지가 곧고 배려심 많은 그녀에게 아주 잘 어울렸다.

"그때 나는 간사이에서 직장생활을 하고 있었어. 그러다 회사를 그만두고 그 나이에 학교를 가겠다고 결정했지. 엄청난 용기였어. 그런데 회사를 그만둘 때 직장 동료 한 사람이 '이거 네 책이야.'라며 건네준 책이 『연금술사』였어. 간사이에서 도쿄로 올라오는 버스에서 계속 읽었지. 짐이라고는 배낭 하나와 그 책 한 권이 다였어. 그것만 갖고 도쿄에 온 거야. 정말 놀랍지 않아?"

이렇게 말하며 아베는 활짝 웃었다. 술집의 어두운 조명과 포개지며 당시 아베의 모습이 떠오르는 것 같다. 그때 아베는 불안하기도 했지만 두근거리고 설렜을 것이다. 간사이에서 출발한 야간버스의 창문에는 낯선 풍경이 스쳐지나갔을 터였다. 배낭 하나와 책 한 권. 좁은 버스 의자에 앉아 오로지 독서에 집중하고 있는 아베.

어쩐지 지금의 나와 겹치는 것 같다.

계산을 하고 술집을 나오니 이미 하늘은 어두웠고 여기저기에 별도 반짝이고 있었다. 아베와 헤어져 집까지 혼자 걸었다. 최근 한 달 동안 일어난 신기한 우연은 무슨 뜻일까?

이 기묘한 우연을 잊지 않게 메모해둬야지. 휴대전화의 메모 기능을 열었다. 그러자 1년 전에 남긴 메모가 화면에 떴다. 메모 페이지를 열었더니 '연금술사'와 '유키오'라는 글자가 보였다.

뭐지?

자세히 살펴보니 날짜가 유키오와 겐을 만난 그날이었다. 맞다, 그때 셋이서 함께 걸어서 집에 오던 길에 유키오가 읽어보라며 책을 소개해주었다. 잊지 않으려고 메모까지 했는데, 지금까지 까맣게 잊고 있던 것이다.

그 책도 『연금술사』였어. 유키오, 겐과의 신기하고 우연한 만남. 오늘 들은 아베의 이야기. 세 사람으로부터 거의 동시에 소개받은 책. '연금술사'라는 키워드가 어떤 사인처럼 느껴졌다. 무언가가 서로 연결되어 있는 것 같은, 말로는 표현할 수 없는 불가사의한 감각이 머릿속을 맴돌고 있었다.

『연금술사』는 졸업식 날, 아베로부터 내 손으로 건너왔다. 소중히 읽고 내게 건네준 그 책은 표지가 약간 낡아 있었지만, 새 책을 받는 것보다 훨씬 더 특별하고 중요한 의미가 있을 것 같았다.

졸업식에서 돌아와 가장 먼저 한 일은 『연금술사』를 읽는 것
이었다. 한번 읽기 시작하면 이야기의 세계에서 나올 수가 없어
서, 저녁밥도 먹지 않고 끝까지 다 읽어버렸다. 다 읽은 것은 아
마도 새벽 2시가 넘은 시간. 그대로 잠들어버린 것 같다.

휴대전화의 메시지 알림에 눈을 떴다. 〈메일 매거진〉에서 온
메시지였다.

바로 휴대전화를 열었다. 태어나 처음 등록한 〈메일 매거진〉
은 내게 좀 특별했다. 나와 나이가 비슷한 '마사'라는 미야기 현
출신의 남자가 쓰고 있는데 얼마 전 여행하고 싶은 나라를 찾다
가 우연히 마사의 블로그를 발견했다.

마사가 살아가는 방식은 매우 흥미로웠다. 길에서 붓글씨를
쓰거나 사막에 나무를 심는 활동을 게재했다. 마사의 〈메일 매
거진〉에서는 열심히 새로운 인생을 찾아가는 한 청년의 모습을
볼 수 있었다. 취직을 포기하고 새로운 인생을 찾겠다며 이래저
래 고민하고 갈등하고 있는 내 처지와 비슷해 보여 무척 위안이
되었다.

그런데 오늘 아침의 〈메일 매거진〉은 여느 때와 달랐다. 문장
에 괴롭고 힘들어하는 기색이 역력했다. 매우 드문 일이었다. 그
는 사흘 전에 미야기 현을 떠나 도쿄에서 활동하고 있는 듯했다.
자신을 시험하기 위해 도쿄에 왔는데 좀처럼 좋은 결과를 내지

못하고 있는 모양이었다. 그리고 경제적으로도 바닥이 나버렸다고 적혀 있었다.

나만 할 수 있는 일은 무엇일까?
나밖에 전할 수 없는 것은 무엇일까?
내가 가장 빛나면서 두근거리며 전할 수 있는 것은 무엇일까?

그에게는 이제 돈이 없다. 그런 상황에서도 자신의 본질을 모색하고 있다. 예전에 그는 사람들 앞에 나서지 못하는 병도 있었다고 한다. 그런데도 사람 많은 곳에서 붓글씨를 쓰며 끊임없이 도전하는 모습을 보며 나도 용기를 얻고 있다. 읽다 보니 가슴이 뜨거워진다. 그리고 마지막 문장에 눈길이 머물렀다.

자신을 격려하기 위해, 지금 이 책을 읽고 있습니다.

다음에는, 역시나 『연금술사』라고 쓰여 있는 것이다! 이런 일이 있을 수 있을까? 우연이라고 하기엔 너무 지나치다. 심장이 콩닥콩닥 뛰었다. 바로 몇 시간 전에 다 읽은 책. 언제나 휴대폰 화면 안쪽에서 나를 도와주던 마사가 갑자기 가깝게 느껴졌다.
마사는 하라주쿠에 있다고 했다. 우리 집이 있는 에비스에서는 전철로 두 정거장, 5분이면 간다. 이렇게 가까운데도 '만나러 가겠다'는 생각은 한 번도 한 적이 없었다. 하지만 상당히 심하게 거듭되는 이 우연 덕분에 과감하게 용기를 낼 수 있었다.

　그래, 만나러 가자. 항상 내가 위로를 받는다. 이번에는 내가 위로할 차례다. 『연금술사』를 가방에 넣고, 조금 전까지 누워 있던 몸을 일으켜 외출을 서둘렀다.

모든
인생에는
'표지'가 있다

모 든   인 생 에 는   ' 표 지 ' 가   있 다

걸음을 재촉해 야마노테선의 하라주쿠 역 개찰구를 나오니 하라주쿠 거리는 빠른 걸음으로 움직이는 직장인들과 학생들로 혼잡했다.

으으, 춥다. 내가 여기 뭐하러 왔더라?

단숨에 집을 뛰쳐나와 여기까지 왔지만, 추위에 정신이 드니 갑자기 불안해졌다. 그보다, 마사가 하라주쿠 어디에 산다고 했더라? 그러고 보니 연락처도 모른다. 갑자기 만나고 싶다고 하면 귀찮아하지 않을까? 만나지 않는 게 낫다는 그럴듯한 이유가 잇달아 머리에 떠올랐다. 내가 지금 무엇을 하고 있는 거지?

나는 겨우 책 한 권 읽고 흥에 겨워 여기까지 온 자신이 너무 작고 부끄럽게 느껴졌다. 그때 문득 『연금술사』의 한 구절이 생각났다.

"표지(標識)에 주의를 기울이게."

이야기의 주인공인 양치기 소년은 몇 번씩이나 '표지'라는 말을 듣는다. 그리고 여러 가지 일을 겪으며 표지를 믿고 따라가는 행동을 한다. 그러면 반드시 답이 나왔고, 또한 해피엔드가 기다리고 있었다.

좋아, 마사를 찾아보겠어. 어쨌든 만나기는 해야지.

나의 길을 가겠다고 결정하고 취직도 포기한 후 찾아온 이 '우연'은 그냥 '우연'이 아닐지도 모른다. 누구보다 내가 그렇게 믿고 싶었다. 연금술사가 흐뭇하게 웃는 것 같았다.

수줍었던 첫 만남

인파에 휩싸여 하라주쿠의 완만한 오르막길을 오르고 있자니 요요기 공원으로 건너가는 커다란 육교가 보였다. 육교 끝에는 파란색 티셔츠를 입은 남자가 서 있었다. 발치에는 바퀴가 달린 검정색 슈트케이스가 있었다. 어쩌면……

마사일지도 모른다고 생각하자 긴장되었다. 그 남자는 사람들 눈을 피하려는지 사람들이 많은 쪽에 등을 보인 채 누군가와 전화를 하고 있었다. 내 기분 탓인지, 어쩐지 뒷모습이 긴장되어 보였다. 잠시 후 하늘을 향해 기지개를 펴면서 후, 하고 숨을 토하더니 전화를 끊었다. 누군가로부터 격려 전화를 받은 모양이다.

"저, 혹시, 마사?"

"어?"

갑자기 건넨 말에 놀란 표정으로 그가 돌아보았다. 큰 눈에 서글서글한 표정. 메일 매거진에서 자주 만났던 마사가 있었다. 내가 말을 걸었다!

"저, 그러니까, 저기, 메일 매거진에서, 메일 매거진을 읽어서."

맙소사! 아무 말도 생각나지 않았다.

"하, 항상 메일 매거진 읽으면서 위로받고 있어요. 감사합니다."

두서도 없이 말을 뱉어버렸다. 서툴기 짝이 없었지만 솔직한 마음이었다. 추운 날씨인데도 주먹을 쥔 손에서는 땀이 흥건하게 배어나왔다.

"아, 그래요? 그렇군요! 정말 고마워요!"

도호쿠 지역 사투리가 정감 있게 느껴졌다. 웃고 있는 마사의 표정이 정말 기뻐 보였다. 오길 정말 잘했어. 마사가 기뻐하는 마음과 내가 기뻐하는 마음이 섞여 눈시울이 뜨거워졌다. 마사가 반겨주니 정말 기분 좋았다.

"저, 저한테도 한 장 써주실래요?"

마사와 첫 번째 만남이었다.

"어이, 여기야, 여기! 마호!"

그날 저녁. 만나기로 한 카페 입구에 나타난 마사는 만면에 웃음을 띠고 있었다. 한쪽 손에는 붓글씨 도구가 가득 들어 있는 슈트케이스를 끌고 다른 한 손을 크게 흔들었다. 처음 만난 날 마사는 붓글씨를 다 쓰고 나서 아주 상냥한 말투로 또 만나자며 차 마실 약속을 잡았다.

"마사, 수고했어. 오랜만이네. 그동안 어떻게 지냈어?"

"마호, 들어봐! 완전 행복해. 기적이 일어났어!"

"그래?"

"그때 이후 손님이 엄청 많이 늘었어. 최고의 매출이었다고! 마호, 내가 여기 있는 의미가 있었어! 계속 도쿄에 있을 수 있어!"

흥분한 마사는 큰 눈을 반짝거렸다. 표지대로 따라가고 있는 것 같다. 책에서 주인공 양치기 소년의 결말은 해피엔드였다. 연금술사가 또 웃고 있는 것 같았다. 마사는 도쿄에 남아 하라주쿠 거리에서 매일 붓글씨를 썼다. 손님은 끊이지 않았다.

좀 더 나중 이야기지만, 반 년 정도 지나자 마사는 거리에 나올 수 없을 정도가 되었다. 인기가 높아져 상점이나 이벤트 회사에서 와달라는 요청도 쇄도했다. 마사는 나에게 둘도 없는 친구가 되었다. 내 인생에 표지를 갖다 준 친구였다.

한 번은 내려놓기

"신이시여, 나는 아무것도 할 수 없습니다. 항복했어요. 도와주세요!"

한 달 뒤, 하라주쿠 거리 한복판에서 눈물로 범벅이 된 얼굴로 나는 하늘을 보면서 절규했다.

"하하하, 마호, 좋네! 최고야!"

눈앞에는 항상 파란색 티셔츠를 입는 마사가 길거리에 편안하게 앉아 폭소를 터뜨리고 있었다.

"이렇게 하면 된다고 했던 사람은 마사잖아!"

말은 이렇게 했지만, 마사가 웃어넘긴 덕분에 내 마음도 조금 가벼워졌다. 봄기운이 완연한 하라주쿠 거리에 요요기 공원으로부터 상쾌한 바람이 불어왔다. 파랗게 갠 하늘에 나무 잎사귀들이 부딪치는 소리가 기분 좋았다.

"하하, 미안, 미안! 그래도 조금 전에 한 말은 진심이야! 혼자서 어떻게 해도 안 될 때는 '내려놓는' 거야. 나는 이제 할 수 있는 게 아무것도 없다고, 일단 항복을 하는 거지. 그 다음은 신에게 맡기는 거야."

하하, 하고 또 웃는다. 마사는 아주 잘했다는 표정이었다. 반신반의했지만, 절망의 늪에 빠져 있는 듯한 기분에서 조금은 벗어난 것 같았다.

"내려놓은 다음에는 흐름에 맡기면 돼. 어떻게든 된다니까!

내 친구들이 지금 요요기 공원에서 벚꽃놀이를 하고 있는데, 기분전환 삼아 가보는 게 어때?"

마사의 제안에 나는 눈물로 범벅이 된 얼굴을 닦고 일어나 걸음을 옮겼다. 뒤에는 벌써 마사의 붓글씨 작품을 기다리고 있는 손님들이 줄을 서고 있었다.

덮 어 두 었 던   문 제 들

마사를 만난 지 한 달. 졸업한 지 한 달이 되었다는 뜻이기도 하고, 무직자가 된 지 한 달이 되었다는 뜻이기도 하다.

'두근거리는 인생'을 살겠다고 결심한 뒤에 마사도 만났으니 흐름은 순조로웠다. 지금부터 나의 새로운 인생이 시작될 것이다. 당연히 그렇게 될 거라고 생각했다. 하지만 나는 거대한 난관에 봉착했다. 그것은 존재는 했지만 지금까지 보이지 않는 듯 취급한 문제였다. 그러나 곧 '내려놓은' 나는 마사가 알려준대로 그의 친구들이 벚꽃놀이를 하고 있는 요요기 공원으로 갔다.

표 지 가   이 끈   기 적

요요기 공원의 한 귀퉁이, 커다란 광장 같은 곳 한가운데에 돗자리를 깔고 10명 남짓한 사람들이 모여 있었다. 마사의 친구들은 친절했다. 무리 속에 들어가 앉으니 모두 자신의 책이나 수첩을 꺼내 무리 중 한 남자가 써주는 무언가를 받고 있었다. 자세히 보니 그것은 그 남자의 사인이었다. 그는 익숙한 손놀림으로 캐릭터를 그린 다음 사인을 했고, 사인을 받은 사람은 무척 기뻐했다. 시원시원하고 웃는 모습이 잘생긴 남자였다. 나와 눈이 마주치자 그는 바로 자기소개를 하고 악수를 청했다.

"저 사람은 베스트셀러 작가야. 이렇게 만나다니 정말 행운이야!" 옆자리에 앉은 여자가 작은 목소리로 알려주었다. 유명한 사람인 것 같았는데, 별로 그런 티를 내지 않았다. 아주 소탈하고 모임의 분위기를 재미있게 이끌어갔다. 벚꽃놀이도 끝나서 자리를 정리하고 있을 때 마침 옆에 있던 그 작가가 말을 걸어왔다. 출신지나 지금 뭘 하고 있는지 같은 평범한 얘기를 하고 있었는데, 문득 이상한 느낌이 들었다.

"어라? 다들 어디에 간 거지?"

"어, 정말이네!"

얘기도 거의 끝나갔고 슬슬 나가야겠다고 생각하고 주변을 둘러보았는데, 조금 전까지 함께 있던 사람들이 한 사람도 보이지 않았다.

"어라? 차라도 마시자고 말하려고 했더니."

"누구 전화번호 알고 있나요? 연락해보죠."

작가가 휴대전화를 꺼내 여러 사람에게 전화해봤으나 아무도 받지 않았다. 조금 전까지 함께 있던 사람들이 정말로 거짓말처럼 사라진 것이다. 너무 갑작스러운 상황에 작가도 매우 곤혹스러워 보였다.

"햐. 진짜 이상한 일이네. 어떻게 이럴 수가 있지? 어디로 가버린 걸까? 모처럼 연락받고 왔는데. 어쨌든 공원을 나갑시다."

"아, 예."

우리는 그대로 요요기 공원 출입구를 향해 걸어갔다. 출입구까지 꽤 거리가 있었다. 걸으면서 이런저런 얘기를 하다가 작가가 갑자기 이런 말을 했다.

"마호, 혹시 지금 무슨 고민 있지 않아요?"

"어? 어떻게 그걸 알았죠?"

"아, 역시. 사실 나는 사람의 고민을 10분 정도 들으면 해결해줄 수가 있어요."

"네에?"

속 보이는 거짓말처럼 느껴져 처음에는 농담이라고 생각했다. 그런데 더 들어보니, 이 작가는 책을 쓰면서 한편으로 사람들의 이야기를 들어주는 봉사활동을 하고 있다고 했다. 대부분 말하는 사람 자신의 고민 이야기가 많은데, 오래 들어줄 때는 한 번에 8시간이나 걸릴 때도 있다고 했다. 그런 활동을 계속 하다 보니, 10분 정도만 들으면 어떻게 해야 고민이 해결될지 알게 되었다는 것이다.

"이렇게 만난 것도 인연인데, 한번 얘기해봐요."

문득 오늘 아침 마사가 한 말이 떠올랐다.

"내려놓은 후에는 흐름에 맡겨. 어떻게든 될 테니까."

마사가 말한 내려놓음의 기적은 사실이었다.

"네, 그럼 들어주세요."

이것은 마사한테 받은 표지다. 아직 이 상황이 다 이해되지는 않았지만, 나는 작가에게 얘기해보기로 했다.

엄 마 , 나 를 좋 아 하 지 않 아 ?

나의 고민은 엄마였다. 간단하게 말하면, 엄마가 내 여행을 심하게 반대하고 있었기 때문이다. 하지만 나는 알고 있다. 이것은 그저 겉으로 드러난 문제일 뿐, 나에게는 건드리고 싶지 않은 더욱더 깊은 이야기가 있다.

"마호, 엄마가 그런 얘기 듣고 싶지 않대. 만약 여행을 떠날 거면 그동안 학교 보내느라 냈던 학비랑 학자금 대출까지 모두 갚으래."

쌍둥이 언니 나호가 전해준 말이다. 엄마와 나는 지금 생애 최대의 냉전 상태에 직면해 있었다. 엄마의 말은 지당하고 옳았다. 엄마는 나를 학교에 입학시키려고 학자금을 대출받았고, 내가 고집을 부려 두 번째 패션 학교에 입학했을 때는 생활비까지 융통해주었다. 엄마가 여기저기에서 돈을 변통해 지원해주었다는 것도, 또 그것이 지금도 엄마를 힘들게 하고 있다는 것도 알고 있다. 죄송스럽게 생각하고 감사하고 있다. 머리로는 그렇게 생각하는데, 마음은 아무리 애써도 그렇게 되지 않았다. 화가 나고 서운하고 속상했다.

"마호, 잘 얘기하면 괜찮을 거야. 엄마한테 다시 얘기해봐."

"아냐, 나호나 아빠는 몰라. 이건 엄마와 나밖에는 몰라. 좀 다른 문제야."

그렇게 말했지만, 그 이상 자세히 설명할 수도 없었다. 엄마와 나는 언제나 서로 한 방씩 먹이며 이기고 지는 시소게임을 하고 있는 것 같았다. 이번에는 내가 한 방 먹은 느낌이었다. 시소게임의 역사는 어릴 때로 거슬러 올라간다.

어릴 때 나는 엄마한테 자주 야단을 맞았다. 뭐든지 잘하는 나호는 그렇지 않았다. 항상 나만 야단을 맞았다. 내가 하는 말, 행동 모두가 엄마를 화나게 했다. 나는 눈치 없이 혼자 신나서 쓸데없는 짓을 많이 했다. 고집쟁이에 이기적인 행동으로 주변 사람들을 귀찮게 했다. 엄마가 아무리 타이르고 야단을 쳐도 요령이 부족하고 고집스런 성격은 좀처럼 나아지지 않았다. "이렇게 해야지.", "이런 아이가 되어야 한다."라는 말들을 전혀 이해할 수 없었다.

야단을 맞으면서도 왜 야단을 맞는지, 무엇을 잘못했는지 잘 이해하지 못했다. 무엇을 잘못했는지도 모르는 채 무슨 일을 하든 그렇게 야단을 맞았다. 물론 내가 저지른 잘못 때문에 야단을 맞을 때도 있었다. 나는 사람들을 힘들게 했다. 나는 점점 모든 것에 자신을 잃어가고 있었다.

언제부터인가 엄마는 내게 웃는 모습을 보여주지 않게 되었다. 나한테만 대답을 하지 않을 때도 있었다. 엄마의 뒷모습은 일과 '나' 때문에 지쳐가고 있었다. 나 역시 내가 아닌 인간으로 변하고 싶었다. 하지만 나는 나였다. 아무리 노력해도 고쳐지지 않았고 달라지지 않았다. 여전히 요령이 부족하고 서툴렀다. 나호와 함께 있는 게 엄마한테는 훨씬 편하고 즐거워 보였다. 나만, 언제나 나만, 겉돌았다.

중학생이 되자 엄마와 부딪치는 일이 늘어났다. 말싸움도 늘었고, 엄마가 나한테 말하는 모든 것이 상처가 되었다. 나도 지지 않고 말대꾸를 하고 짜증을 부렸다. 까닭 모를 분노와 짜증이 가득했다. 고등학교를 졸업한 후에는 혼자 살게 되어 거리를 둘 수 있었는데도 가끔 만나면 또 다투고 말았다. 그러면 안 된다고 생각해 엄마를 위해 무언가를 해보기도 했지만, 다시 짜증이 나거나 엄마를 짜증나게 했다. 그래서 또 부딪쳤다. 이해하고 눈감아주는 일이 어려웠다. 시소게임처럼 서로 상처를 주고받았다.

그런 상태가 지금까지 이어졌다. 하지만 그 문제를 새로이 파내고 싶지 않았다. 파내서 이유를 좇다 보면 알게 될까 봐 무서웠다.

엄마는 나를 사랑하지 않고 싫어한다는 것을. 그걸 확인하게 될까 봐 두려웠다.

그 사실을 확인하는 일이, 세상에서 가장 무섭고 견디기 어려웠다.

문 제 의　원 인 은　하 나

"그렇구나. 힘들었겠다."

요요기 공원에서 나온 우리는 가까운 카페에 들어갔다. 마주 앉은 작가는 아주 신중하고 성의 있게 내 이야기를 들어주었다. 이런 얘기는 별로 남한테 하고 싶지 않았다.

"하지만 그것만이 아니에요. 요즘 친했던 나호하고도 관계가 불편해요. 일도 해야 하고 학자금 대출금도 갚아야 하는데, 여행 경비를 모을 만한 일자리도 구해지지 않아요. 새로운 인생을 살겠다고 결심은 했는데, 이렇게 사는 게 정말 괜찮은 건지, 어떻게 하면 좋은지 모두 불안해졌어요."

정말로 현재 내 상황은 문제투성이였다. 해결해야 할 것들이 잔뜩 있었는데, 어디서부터 손을 대야 할지 알지 못해 손 놓고 있는 상황이었다. 과연 어떤 대책이 있을까? 스스로 선택한 길인데도 이렇게 고민만 하고 있다는 게 부끄러웠다.

해결하고 싶어, 벗어나고 싶어, 이제 더는 캄캄한 게 싫어, 두근거리는 인생을 살겠다고 결정했잖아! 마음속에서 이런 외침이 들렸다.

잠시 후 작가가 말했다.

"마호, 이 문제의 원인은 하나야. 그것만 해결하면 다 해결할 수 있어."

"네에?"

나는 깜짝 놀랐다. 엄마 문제, 나호와 불편해진 관계, 엄마의 여행 반대, 무슨 일을 하고 싶은지 모르겠다는 고민 등 모두 종류가 제각각인 문제였다. 그런데 '하나'로 해결된다고? 이 사람 지금 무슨 말을 하는 거지? 해결 못 해!

작가는 아랑곳하지 않고 말을 이었다. 그리고 테이블 위에 있던 물이 담긴 컵을 천천히 자기 앞으로 끌어당겼다.

"컵에 물이 얼마나 들어 있는 것 같아?"

작가는 온화한 눈빛으로 나를 바라보며 물었다.

컵에 물이라니? 무슨 뜻이지? 뭘 묻고 있는 거지?

이 질문은 내 인생을 바꾸는 중대한 질문이었다.

컵에는 물이
얼마나
들어 있나?

"이건 마호의 컵이야. 마호 자신의. 음, 그래, 사람의 컵이라고 할까? 마호는 이 컵에 지금 어느 정도 물이 차 있다고 생각해?"

나는 테이블 위에 놓인 컵을 응시했다.

내 컵의 물? 지금 나는 일도 하지 않고 아무런 노력도 하지 않는다. 사회적으로 아무런 도움도 되지 못하는 인간이다. 따라서 바닥 중에서도 바닥에 있다는 것을 잘 알고 있다. 자신의 물이 어느 정도냐니. 대답하기 부끄러웠다. 0퍼센트에 가깝지 않을까. 대답하기가 너무 싫었다.

"어, 그러니까, 이 정도라고 생각해요."

이렇게 말하고 컵을 손가락으로 가리켰다. 컵 바닥에서 조금 올라간 곳, 30퍼센트 정도 되는 지점이었다. 작가는 나를 보고 웃었다.

"그래, 그렇구나. 그 정도구나."

생각한 것보다 더 많게 가리켰는데 눈치챘을까? 하지만 나도 30퍼센트 정도는 좋은 점이 있지 않을까? 그에게 모든 것을 투명하게 보이고 만 것 같아 거북했다.

"있잖아, 마호라는 컵의 물은."

이렇게 말하면서 작가는 컵을 보기 좋도록 내 앞에 갖다 놓았다. 그러곤 컵의 입구를 손바닥으로 막았다.

"여기야. 네 컵의 물은 여기까지 들어 있어."

"네? 그게 무슨 말이에요?"

그 동작이 무엇을 의미하는지 알 수 없었다. 혹시 텅 비어 있다는 뜻? 여전히 컵 입구에 손바닥을 얹고 있는 그를 보았다. 작가의 갈색 눈동자도 나를 보고 있었다.

"그러니까, 이미 다 찼어. 가득하다고. 마호의 물은 이미 100퍼센트 들어 있어. 마호 자신이 70퍼센트가 비어 있다고 생각하는 것뿐이야. 그래서 그 70퍼센트를 채우겠다고 일을 하든 뭘 하든, 열심히 해서 누군가한테 인정받고 100퍼센트가 돼야 한다며 괴로워하고 있지. 하지만 그게 언제 끝이 날까?"

숨이 멎을 것 같았다. 가득이라니, 100퍼센트라고? 잘 이해되지 않았다. 이제 노력하지 않아도 된다는 말일까? 아냐, 그러면 이미 잘못되었는데 더 잘못되고 말 거야.

하지만, 그래, 최종 목표라는 것은 없다. 그건 알 수 있었다. 생각해보면 모르는 것 투성이였다. 그렇지만 마음은 뜨거웠다. 이것은 뭔가 굉장히 중요한 사실이다. 머리는 알지 못했지만 마음은 알고 있었다.

"하나 더 질문해도 될까?"

"……."

"마호는 자기를 좋아해?"

느닷없이 이런 질문을 받다니. 순간 시간이 멈춘 것 같았다. 바로 대답을 하려고 했다. 답은 목까지 나왔는데 걸려서, 아무런 말도 나오지 않았다. 그 대신 눈물이, 커다란 눈물방울이 주르르 흘렀다. 나도 모르게 어깨를 들썩거리며 울고 있었다. 내가 울다니, 생각도 못한 일이다. 하지만 눈물은 멈추지 않고 흘러내렸다. 순간의 거짓말도 속임수도 불가능했다.

"난, 나를 좋아하지 않아요."

겨우 나오는 목소리로 이렇게 말하며 고개를 가로저었다. 나는 나를 좋아하지 않았다. 나는 내가 정말 싫었다. 눈물이 멈추지 않았고, 가슴이 뻐근하게 아파왔다. 작가는 다정하고 조용하게 나를 지켜봐주었다. 그리고 다시 컵을 손으로 가리키며 말했다.

"만약 마호가 자신은 100퍼센트, 가득 찼다고 인정했다면 컵의 물은 넘쳤을 거야. 그리고 넘친 물은 주변 사람들한테 나눠주게 되었을 거야."

그리고 문제투성이에다 뒤죽박죽 엉켜 있는 내 고민의 단 한 가지 해결책을 알려주었다.

"이제 자신을 사랑하며 살도록 허락해주면 안 될까? 그런다면 문제는 다 해결돼."

그가 가르쳐준 해결책은 내 인생에서 한 번도 해본 적이 없는 것이었다.

자 신 을   사 랑 하 며   살 아 도   돼

그리고 사흘 동안, 나는 집 안의 욕조 속에 있었다. 집 밖에 나가지 않고 울기만 했다. 욕조는 어릴 때부터 내가 반성하는 장소였다. 울고 있으니 머릿속 한구석에 가둬두었던, 이젠 깨끗이 잊었다고 생각했던, 어릴 때 기억이 하나둘씩 되살아나기 시작했다.

나는 손가락에 반창고를 붙이고 있었다. 엄마한테 또 혼이 나거나 실수를 했을 때, 손가락에 붙어 있는 반창고를 보면서 이젠 다시 '나쁜 짓'도 '실수'도 하지 않겠다고 다짐하기 위해 스스로 붙여 놓은 표시였다. 하지만 또 실수도 하고 혼도 났다. 그럴 때마다 욕조 안에서 울면서 몇 번이나 새로 붙였던 반창고를 찢어 버렸다.

언제나 무섭고 불안했다. 혹 부모님이 별거라도 한다면 나 같은 애는 아무도 맡지 않을 거라고 생각했다. 왜 나만 이럴까? 왜 잘하지 못할까? 이런 자신이 싫어서 견딜 수가 없었다. 어릴 때 기억과 함께 그때 느꼈던 감정이 끊임없이 솟아나왔다. 이렇게 쌓아놓고 있었던 것이다. 감정은 없어지지 않았다. 오래전부터 억누르고 참았던 감정은 몸 어딘가에 자리를 잡고 차곡차곡 쌓이고 있었다. 흘러나오는 감정의 파도를, 조금은 성장한 내가 지금 울면서 받아들이고 있는 것이다. 마음속에 작은 내가 살고 있었던 것 같았다. 자신감 없고, 상처받아 너덜너덜해진 어린 시절의 내가.

미안해, 애썼어, 계속 참기만 하느라 힘들었겠구나.

계속 방치하고 있던 어린 나에게 말을 걸었다. 그런데 마음속의 작은 나는 엄마 때문에 속상해서 슬퍼하고 있는 게 아니었다. 잘하지 못한다고 야단맞아 상처받은 것이 아니었다.

싫어. 너무 싫어! 왜 잘하지 못하는 거야?

왜 실수하는 거야? 왜 항상 그 모양이야?

나 같은 거 정말 싫어!

그것은 어느 누구도 아닌, 나 자신한테서 나오는 말이었다. 나 자신에게 한 말에 갈기갈기 찢어지고 너덜너덜해진 것이다. 세상에서 하나밖에 없는 자신을 가장 인정하지 않았던 사람은 바로 나 자신이었다. 맞아, 내가 가장 미워했던 사람은 나였어.

"자신을 사랑하며 살도록 허락해주면 안 될까?"

작가의 말이 메아리처럼 울렸다.

이제 됐어. 나는 나야. 못 하는 것도 안 되는 것도 모두 나야. 이젠 내가 사랑해야지. 내가 허락해야지. 나를 사랑하기. 나한테 허락하기. 나는 마음속의 작은 나를 꼭 안아주며 말했다.

지금 그대로 괜찮아. 지금 그대로 좋아. 사랑해.

어릴 적 가장 듣고 싶은 말이었다. 듣고 싶어서 기다리고 있던 말을 마침내 들을 수 있었다. 그때보다 한결 더 성장한 나한테서 말이다. 나는 나를 끌어안으며 몇 번이나 다시 말했다. 가슴의 통증은 어느새 따뜻하게 퍼져오는 기운과 함께 없어졌다.

얼마나 그러고 있었을까? 울다 지쳐 엉망이 된 얼굴을 들었다. 욕조에서 나오니 몸도 머리도 신기하게 가벼웠다. 옷을 입고 방으로 들어가니 방구석에 휴대전화가 뒹굴고 있었다. 무심코 휴대전화를 집어 들었다. 그러고는 아무것도 생각하지 않고 전화를 걸었다. 수신인은 엄마였다.

사 랑 받 았 던   기 억

따르르릉.

착신음이 울린다.

콩닥 콩닥 콩닥. 전화기를 대고 있는 귀에서 내 심장 소리가 들렸다. 전화를 받는 소리가 났다.

"아, 여보세요? 엄마."

"응. 마호구나. 오랜만이네. 잘 지냈어?"

오랜만에 듣는 엄마 목소리다. 갑작스런 전화에 조금은 놀란 듯했다. 나호가 전해준 것처럼 그렇게 화가 나지는 않은 것 같았다. 서로 대화를 망설이는 듯한, 약간 어색한 공기가 흘렀다. 휴대전화를 들고 있는 손이 떨리고 있었다. 굉장히 긴장하고 있음을 깨달았다. 하지만 머리는 깨끗하고 맑았다. 내가 왜 전화를 했지? 잘 알 수 없었다. 하지만 엄마한테 너무나도 전화를 하고 싶었다. 이윽고 내 입에서 나온 말은, 오랫동안 엄마한테 묻고 싶었지만 묻지 못했던 말이었다.

"엄마, 어릴 때 왜 나만 혼냈어?"

대답 듣기가 두려웠던 질문이기도 했다.

'너를 사랑하지 않아. 좋아하지 않아서 그랬어.'

엄마가 이런 말을 할까 봐 무서웠기 때문이다. 하지만 지금 기어이 '직접' 물어보았다. 그런 말을 듣는다고 해도, 나만큼은 나를 사랑하기로 결정했기 때문이다. 내 안의 어린 내가 단호하게 앞을 바라보고 있었다. 방 안에 선 채로, 혼자 수화기를 쥐고 있었다. 엄마한테서 돌아온 말은 전혀 뜻밖의 말이었다.

"음, 그건 말이야, 그건 마호가 나와 너무 닮았기 때문이야. 마호가 나처럼 되지 않길 바랐으니까."

응? 엄마처럼 되지 않길 바랐다고? 왜지? 나를 사랑하지 않아서가 아니라?

그럼 엄마, 혹시…….

세상이 확 뒤집어지는 느낌이었다. 머릿속에서 무언가가 이어지려고 하고 있었다.

"혹시 엄마도 자신을 좋아하지 않아?"

전화기 너머에 있는 엄마는 침묵하고 있다. 휴대전화의 잡음만 들렸다. 엄마가 어렵게 입을 열었다.

"응, 그러네. 나는 나를 별로 좋아하지 않는 것 같아."

그 순간, 갑자기 관점이 달라졌다. 내 속에서 엉켜 있던 실이 조금씩 풀려나갔다. 엄마도 자기를 좋아하지 않았다니. 풀려나온 실은 또 잇달아 연결되고 있다.

내게는 고민이 있었다. 나중에 아이를 제대로 키울 수 있을까 하는 고민이었다. 나랑 닮은 여자애가 태어나면 분명히 화를 내며 키울 것 같았다. 자신을 싫어하는 내가, 만약 비슷한 성격을 가진 아이를 낳게 된다면 '나처럼 되게 하진 않겠다'며 화를 내고 야단을 칠 것 같았기 때문이었다. 나의 이런 고민은 자신과 닮았기 때문에 더 혼냈다는 엄마의 '뜻밖의 대답'과 같은 것이었다. 엄마는 나를 싫어하는 것이 아니었나?

문득 눈앞에 커다란 저녁 해가 보였다. 정말로 크고 빨간 저녁 해였다. 어릴 때 저녁 해를 좋아하는 엄마와 함께 보았던 풍경이었다. 어린이집에 다닐 때, 막 일을 시작했던 엄마가 나를 어린이집에 데리러 와주었다. 그때 집으로 돌아가는 길에 아스팔트 언덕 위로 커다란 해가 저물고 있었다.

"저거 봐! 마호, 나호! 저녁 해야. 정말 크다!"

"정말 크다, 예쁘다!"

그러더니 엄마는 큰 소리로 노래를 불렀다. 우리도 엄마를 흉내 내며 입을 크게 벌려 노래를 불렀다. 자동차 조수석에서 오렌지색으로 물든 엄마의 옆모습을 본 적이 있다. 하늘도 주택가도 오르막길도, 자동차도, 우리도 모두 오렌지색이었다. 엄마는 기쁜 듯이 웃었다. 저녁 해와 엄마와 그 시간이 정말 좋았다.

중학생이 되었을 때 나는 저녁 해가 싫어졌다. 매사에 자신이 없고 스스로를 미워하며 살았던 나는 세상이 예쁘게 보이는 게 싫었다. 그날은 기말시험이 다가왔는데도 목표한 만큼 공부를 하지 못했다. 벌써 저녁 해라니, 하루가 다 가버리다니.

나는 왜 안 되는 걸까? 다시 자신이 싫어졌다. 일을 마치고 돌아온 엄마에게 달려가 안겼다.

"엄마, 오늘 너무 공부가 안 됐어. 완전 망쳤다구!"

혼내주길 바랐다. 뭐하는 거냐며. 따끔하게 혼내주길 바랐다. 하지만 엄마는 현관에서 나를 안은 채 이렇게 말했다.

"괜찮아. 그런 날도 있지, 괜찮아!"

엄마의 말에 온몸의 긴장이 천천히 풀렸다. 모두 허락받은 느낌으로, "이대로 좋아."라는 말을 들은 것 같아 마음이 편했다.

행복했다. 나를 안아준 엄마의 어깨 너머로 저물고 있는 저녁 해가 보였다.

고등학생이 되고 엄마와 나는 자주 말싸움을 했다. 엄마는 일 때문에 바빠졌고 나는 내 일만으로도 벅찼다.

탕!

출발 피스톨이 울렸다. 모두 일제히 달리기 시작했다. 고등학생 때는 달리기만 했다. 평일은 연습으로 가득했고, 주말에는 늘 대회에 나갔다. 그날은 대회 날이다.

멈추면 이것저것 생각하게 된다. 목표를 향해 달리고 있을 때는 뭐든 잊어버릴 수 있었다. 달렸다. 무조건 달렸다. 달리고 또 달렸다. 주위의 풍경이 보이지 않았다. 환성도 사람도 바람 소리도 하늘도 땅도, 모두 함께 풍경이 되었다. 내 숨소리와 심장 소리만 들렸다. 이 순간이 좋았다.

"마호! 마호!"

나만의 세상에 익숙한 목소리가 불쑥 들어왔다. 엄마다! 일을 하고 있을 시간인데, 일을 빠지고 보러 와준 것이다.

"한 바퀴, 한 바퀴만 더 돌아! 기운 내!"

엄마의 모습은 보이지 않는다. 배경은 모두 한 덩어리였다. 풍경이 여러 가지 색으로 섞이며 번져갔다. 그래도 엄마 목소리만은 또렷하게 들렸다.

엄마, 엄마!

달린다. 무조건 달린다. 앞만 보고 달린다. 일등이었다. 앞에 아무도 없었다. 시야가 넓어졌다. 하늘과 땅이 하나가 되었다. 골라인의 하얀 띠가 보였다.

"마호!"

엄마 목소리만 들렸다. 풍경과 소리가 천천히 구별되며 자기 자리로 돌아왔다. 하늘이 넓다. 골라인은 이미 지나 있었다.

"마호! 마호!"

엄마의 맑은 목소리, 강하고 부드러운 목소리. 관중석 맨 앞줄에 엄마가 서 있었다. 엄마는 활짝 웃고 있었다. 빨간 저녁 해가 운동장을 물들이고 있었다.

"마호, 마호!"

엄마는 몇 번이고 내 이름을 외쳐주었다. 그 목소리가 계속 나를 이끌어주었다. 세상에 하나밖에 없는 엄마의 목소리였다. 엄마와 함께한 추억은 구슬이 튀어 오르듯 잇달아 튀어 올랐다. 선명하게 떠올랐다 지나갔다. 아기였을 때, 어린이집에 다녔을 때, 초등학교 시절. 엄마와 함께 살았던 특별하지 않은 일상의 나날이었다.

마호, 마호!

엄마의 다정한 목소리가 메아리쳤다. 다쳤을 때, 나를 격려할 때, 칭찬할 때 엄마는 언제나 그 목소리로 내 이름을 불러주었다. 마호라는 이름을 얻은 이후 수없이 불러주었다. 언제나 나를 이끌어준, 강하고 부드러운, 모든 것을 안아주는 엄마의 목소리.

그것은 엄마한테 사랑받았던 기억이었다.

나는 내가 너무 싫었다. 고집스럽게 자신을 사랑하지 않게 되었고, 세상을 아름답게 볼 수 없게 되었다. 그리고 엄마의 사랑조차 받아들이지 못하게 되었다.

"엄마, 나, 엄마를 위해 나를 사랑할게."

엄마는 내가 엄마를 닮았기 때문에 더 화를 냈다고 했다. 내가 나를 좋아하게 되면, 나와 닮은 엄마도 좋아하게 되지 않을까? 싫어하는 사람이란 사실 없었다. 세상은 나 자신 안에 있다. 나는 엄마를 사랑하기 위해 나를 사랑하기로 했다. 세상을 사랑하기 위해 나를 사랑하기로 했다. 내 눈이 탁하면 세상도 탁하게 보인다.

"응? 뭐? 아하, 하하하! 그래, 고마워!"

엄마는 생각지도 못했을 내 말에 웃었다. 그리고 조금 더 얘기를 나눈 다음 전화를 끊었다. 더는 참을 수 없었다. 휴대전화를 쥔 채 바닥에 주저앉아 오열했다. 눈물이 멈추지 않았다.

나는 태어나서 한순간도 사랑받지 않았던 때가 없었다. 이 일로 내 세상은 완전히 뒤집히게 되었다.

엄마, 엄마.

미안해. 고마워.

용서해줘.

사랑해.

지금까지의 기억을 씻어 헹구기라도 하듯, 눈물이 계속 흘렀다. 나는 아이처럼 소리를 내며 울고 있었다. 어느덧 저녁이 되었다. 집 밖에는 새빨간 노을이 도쿄의 거리를 물들이고 있었다.

도쿄,
새로운 시작

2012년 4월 에비스 역.

오늘은 여느 날과 다름없으면서 완전히 다른 날이다. 사람으로 붐비는 도쿄도 반짝반짝 빛나고 있었다. 사직서를 내고 얼마 지나지 않아, 운 좋게 도쿄에 있는 회사에 취직이 되었다. 그리고 마호와 나는 그토록 바라던 둘만의 생활을 시작하게 되었다. 오늘부터 시작이다.

"나호!"

마호가 그 많은 인파 속에서 개찰구를 나오는 나를 발견하고 달려왔다.

"마호!"

우리는 재회의 감격과 새롭게 시작된 오늘을 힘껏 끌어안으며 기뻐했다. 오랜만에 만났는데도 우리 둘 사이에 있는 공기는 전혀 달라지지 않았다.

밤에는 어릴 때처럼 근처 공원으로 별을 보러 갔다. 공원에는 문어 미끄럼틀이 있어서 우리는 그곳을 '문어BAR'라고 이름 붙였다.

비밀기지 같은 그 문어BAR에 술과 과자를 조금 가져가서, 앞으로 어떤 재미있는 일이 기다리고 있을지, 어디에 갈지, 무얼 하고 놀지를 얘기했다. 그리고 지금 둘이 함께 있는 감동과 앞으로 펼쳐질 두근거리는 삶에 대해 많은 이야기를 나누었다.

나로서는 여기까지 온 것이 기적 같았다. 그때 후쿠오카의 회사에 다니며 부족한 무언가를 찾는 데 몰두할 때에는 다시 둘이서 살게 되리라고는 생각하지 못했다. 별이 가득한 밤하늘 아래서 하루하루가 두근거리는 나날이었던 어린 시절을 떠올렸던 그날, 우리는 다시 둘이서 두근거리는 삶을 살아가기로 선택했다.

그리고 어른이 된 지금, 두근거리며 살아가는 생활을 시작하려 하고 있었다.

언젠가
바뀌는 순간이
올 거야

세 상 은   여 전 히   다 채 로 웠 다

엄마와 이야기를 나눈 후 나의 세상은 완전히 달라졌다. 자신을 사랑할 수 있게 되고부터는 항상 보아왔던 풍경이 선명해졌다. 싫어하는 사람이나 불편한 사람이 적어졌고, 그토록 으르렁거렸던 엄마는 가장 좋아하는 사람이 되었다. 그리고 어느새 어릴 적에 느꼈던 '색의 세계'가 되돌아왔다. 그때처럼 음악이나 사람이 색과 더불어 보이기 시작한 것이다.

세상은 정말로 바꿀 수가 있어. 그러려면 먼저 자기를 사랑해야 해.

그리고 나의 일상도 크게 달라졌다. 사람들의 상담을 해주는 일이 아주 많아진 것이다. 많아진 정도가 아니다. 처음 만난 사

람이나 소원했던 동창생, 아르바이트하는 곳의 선배, 왜 나한테
오나 싶은 사람들까지 만나 상담을 해주었다. 밤새 이야기를 들
어주고, 다음 날에는 또 다른 사람을 상담해주는 일이 계속되었
다. 사랑하던 사람과 사별한 얘기부터 가정폭력과 중절수술까
지, 심각한 내용도 적지 않았다.

신기한 것은 상대방이 직면한 상황이 아무리 절망스러워도,
최악의 인생을 살고 있다 해도, 그 사람이 지닌 색깔만은 한결같
이 아주 아름다웠다는 것이다. 그렇다. 누구나 원래부터 아름다
운 색을 품고 있었던 것이다. 이미 100퍼센트였다. 그저 잠시 잊
고 있었을 뿐이다. 어떤 사람이 되겠다고 노력하는 것이 아니라,
참된 자기를 떠올리며 살아가면 된다. 상대방에게 그 사람이 지
닌 색을 이야기하면, 모두 얼굴에서 빛이 났다. 진정한 자신을
안다는 것은 그만큼 모두가 기뻐할 일이다.

존재만으로도 이미 충분하다. 지금 그대로 좋다. 모두 누군가
에게 그런 말을 듣고 싶었던 게 아닐까. 요요기 공원에서 만난
작가가 나에게 했던 말을 떠올려본다.

"이미 마호는 100퍼센트야. 만약 마호가 자신은 100퍼센트 가
득 찼다고 인정했다면 컵의 물은 넘쳤을 거야. 그리고 넘친 물은
주변 사람들한테 나눠주게 되었을 거야."

내 컵을 생각한다. 내 컵은 30퍼센트가 아니었다. 가득 차서 넘실대고 있었다.

"마사가 내 인생을 바꿀 계기를 주었듯이, 나도 거리에서 받은 것을 돌려주겠어!"

나는 거리로 나가 사람의 색을 그리기 시작했다.

다 음 은 뭘 하 지 ?

그날은 평소와 달리 긴장하고 있었다. 기념할 만한 날이었다. 처음으로 사람들에게 '요금'을 받고 그림을 그리기로 결정한 날이었기 때문이다. '소울 컬러'라고 이름 붙인 '사람의 색을 그려주는 일'이었다. 지금까지는 아르바이트가 비는 시간에 무료로 그려주고 있었다. 하지만 무료로 하니까 좀처럼 사람들이 오지 않았다.

제대로 보겠다는 사람만 그려주자. 그렇게 결심하고 그날부터 요금을 정했다. 단돈 1천 엔이지만, 나한테는 큰돈이었다. 졸업식 날 아베한테 『연금술사』를 받은 지 벌써 6개월이 지났다.

그날 처음 온 손님한테 "왜 소울 컬러를 하나요?"라는 질문을 받았다. 나는 내 이야기를 하기로 했다. 우연이라는 표지를 따라가니 연금술사가 생각지도 못한 곳까지 나를 데려와 주었다고.

몇 개월 전의 일이 몇 년 전에 일어났던 일처럼 멀게 느껴진다. 그때부터 스스로 많이 달라졌다는 것을 느낀다. 언제부터인지, 나는 내 인생을 좋아하게 되었다. 손님한테 이야기를 할 때 심장이 떨렸다. 한꺼번에 다 얘기해버리니 앞에 앉은 남자는 놀란 표정으로 나를 보았다.

"하하하, 정말 재미있네요. 이 이야기는 몇 번을 들어도 흥미로울 것 같은데요." 그렇게 말하더니 자신의 검정색 가방을 뒤적거리며 무언가를 찾았다.

"저는 출판 관련 일을 하고 있어요. 저한테도 소중한 책이 있어서 그 책은 꼭 가지고 다녀요."

그러더니 가방에서 책을 꺼냈는데, 아주 익숙한 책이었다.

"표지에 주의를 기울이라."

그가 꺼낸 책은 『연금술사』였다. 지금까지 만났던 사람들의 얼굴이, 장면이, 선명하게 떠올랐다. 그동안의 일이 주마등처럼 지나갔다.

엄마, 젠, 유키오, 아베, 마사, 작가…….

자신 없던 나, 그런 나를 스스로 미워했던 것, 엄마와 서로 이해하지 못했던 일, 그리고 나를 사랑하기로 했던 결정들.

인생에서 어긋났던 조각이 하나씩 제자리를 찾아가 꼭 맞게 되었다. 어느 것 하나 틀리지 않았다. 도대체 몇 개의 우연이 겹치고 겹쳐서 지금 이 순간이 이루어진 걸까? 또 어디까지가 우연이고, 어디까지가 기적이라고 할 수 있을까?

마사의 조언대로 내려놓고 흐름에 맡겼던 것이 표지를 이해하는 마법이었다. 또한 나를 사랑하는 것은 세상을 여는 열쇠였다.

"마호 씨, 다음은 뭘 할 거예요?"

『연금술사』를 꺼내든 남자가 물었다.

"아, 예, 그러니까, 여행을 떠날 거예요!"

순간적으로 그렇게 대답했다. 그리고 몇 개월 후, 나는 낯선 나라로 가는 티켓을 사고 말았다. 인생을 바꾸는 중요한 여행이 나를 기다리고 있었다. 새로운 인생의 막이 열리고 있었다.

너 와 나 , 다 른 길 로

여행을 떠나기 두 달 전, 내 인생에서 큰 사건이 있었다. 겐과의 이별이다.

"일본하고는 기후나 토양이 다르니까 잘 자라지 않더라고. 그래도 얼마 전에 곡식에 알이 들어서 기뻐했더니, 근처 외양간 문이 열리는 바람에 소들이 다 먹어버렸지 뭐야, 하하하! 아프리카는 이런 말도 안 되는 일이 벌어지는 곳이야!"

일주일 동안 몇 번인가 아프리카에 있는 겐에게 전화를 걸었다. 전화를 받으면 겐은 이런저런 이야기들을 해준다. 집 근처에 사는 현지인 여자에게 러브레터를 받았다거나, 밥을 지으면 냄새 때문에 동네 아이들이 다 몰려들어 번번이 격렬한 공방전이 벌어진다는 얘기, 수도, 가스, 전기가 없는 환경에서 머리를 감는 방법. 겐의 이야기는 언제나 흥미롭고 재미있었다.

아프리카에서도 여전히 젠은 젠이었다. 낯선 환경에서 악전고투하면서도 동경했던 땅에서 젠답게 씩씩하게 살고 있었다.

"마호는 요즘 어때?"

"나? 나는, 엄마랑 사이가 좋아졌어. 그리고 사람의 색을 그리기 시작했어."

"사람의 색? 그래? 그렇구나. 뭐 좋지! 근데 그거 사기 아냐? 하하하!"

"뭐라고? 사기라니!"

최근 몇 달 동안 나에게 일어난 변화를 젠에게 설명하지 않았던 것이다. 젠이 아프리카에 간 다음, 내 인생은 어지러울 정도로 모든 것이 뒤죽박죽이 되더니 순식간에 달라져버렸다. 나조차 어떻게 정리해야 할지 모를 정도로.

지난 6개월이 2, 3년은 지난 것 같다. 매일 벌어지는 사건이 너무도 심각해서 도무지 어떻게 설명을 하면 좋을지 알 수 없었다. 그렇게 젠에게 말할 수 없었던 것과 말하지 못했던 것들이 점점 쌓였다.

"언젠가 내가 유기농 면을 키우면 마호는 그걸로 옷을 짓는 거야. 자급자족하며 사는 거지. 그게 내 꿈이야!"

젠은 언제나 기쁘게 미래를 얘기했다. 젠의 미래에는 언제나 두 사람이 있었다. 처음 만났을 때부터 젠은 언제나 나보다 두어 발 앞서 걸으며 자유롭게 커다란 미래를 보여주었다. 젠이 열어준 문으로 나도 그 뒤에 따라붙어 함께 미래를 엿보았다.

하지만 지금 나는 내 손으로 문을 열고 내 눈으로 미래를 보고 싶어졌다. 아니, 그렇게 해야 마땅하다고 생각한다. 그리고 이번 여행에는 뭔가 어마어마한 것이 기다리고 있을 것 같다. 자꾸 그런 예감이 들었다. 겐을 무척 좋아했지만, 나는 지금 거스를 수 없는 파도를 타고 있는 것 같았다.

이별은 갑자기 다가왔다. 우리는 평소와 다름없이 전화 통화를 하고 있었다. 그날 헤어질 거라고, 서로 예상조차 하지 못했다. 그래서 어쩌다가 헤어지자는 말이 나왔는지 잘 기억이 나지 않는다. 나와 겐 사이에 있던 작은 균열이 커져버린 것이다. 돌아보니 서로 걷고 있는 길이 너무 멀어져, 이젠 보이지 않게 되었다는 것을 알게 되었다.

"겐, 이제 우리는 파트너로서 한계에 왔다고 생각해."

내 말에 겐은 이마를 짚고 고개를 숙였다. 스카이프 너머로 겐의 눈에서 눈물이 떨어지는 것이 보였다. 나도 침대 위에서 눈물을 흘리고 있었다.

"나처럼 좋은 남자 없다니까. 나만큼 마호를 사랑하는 사람도 없을 텐데, 후회하지 않겠어?"

겐은 농담처럼 그렇게 말했다. 하지만 언제나처럼 웃고 있지는 않았다. 머리에 타월을 감고 햇볕에 탄 단정한 얼굴. 오랫동안 익숙했던 겐의 얼굴이 눈물로 일그러지며 화면이 꺼졌다. 겐과의 마지막 영상통화였다. 그리고 컴퓨터를 닫으면서 알았다. 그날은 마침 사권 지 2년이 되는 날이었다.

젠이 마지막으로 한 말은 지금도 진심이었다고 생각한다. 젠은 세상에서 오직 하나뿐인, 어디에도 없는 사람이다. 그리고 나에게 아주 큰 사랑을 가르쳐준 사람이다. 두 사람이 함께 살아간다는 것, 서로 배려한다는 것, 나눈다는 것, 용서한다는 것, 진지함보다는 유머가 필요하다는 것.

젠은 내 인생에 빅뱅처럼 등장해 새로운 인생을 보여주었다. 지금껏 한 번도 경험한 적 없는 경쾌한 바람을 내 인생에 실어다주었다. 나를 나의 진짜 중심으로 데려다주었다.

조용해진 방을 혼자서 바라보았다. 6개월 전 젠은 분명 이곳에 있었다. 그때가 이젠 아주 오래전 일처럼 느껴진다. 좁은 방에 싸구려 와인과 음악만 있어도 충분히 행복했던 시간이었다. 돈이 없는 두 사람의 데이트는 언제나 공원이었고, 우리는 항상 바로 그 순간을 즐겼다. 젠이 데리고 가준 비일상적인 나날은 사랑스럽고 따뜻했다.

가족을 잃은 것처럼, 몸의 반이 잘리는 것 같이 아팠다. 이제 다시는 돌아갈 수 없다는 것이 견딜 수없이 슬펐다. 그래도 마음 깊은 곳에서는 앞으로 향하는 걸음을 멈추고 싶지 않았다. 젠과 돌아가고 싶은 곳은 이제 과거에만 있었다. 다시는 돌아갈 수 없다는 것을 알고 있다.

걷자. 나만의 길을. 걸을 수밖에 없다. 겐과 함께한 2년이 끝났다. 겐과 함께했던 연애도 끝났다.

겐, 고마워.

두   번째   이야기

ooooooooo

표지를 따라서

페루,
운명처럼
다가온 표지

4　2　4

2012년 11월.

이번 표지는 한 권의 책에서 시작되었다.

"얼른 여행을 떠나야지."

그때 나는 강박관념처럼, 또는 강렬한 본능처럼 어딘가에 가야만 한다는 생각에 사로잡혀 있었다.

그것은 여행을 떠나고 싶다거나 두근거리고 재미있을 것 같다는 마음이 요동치는 감각이 아니었다. '반드시 가야 할 곳이 있다'는 절박한 감각이었다. 이런 느낌은 처음이었다.

내년이 되기 전에 반드시 떠나겠다! 데드라인만 정해놓은 상태에서 전혀 진전이 없었다. 내년은 한 달도 남지 않았는데, 아직 갈 나라도 정해 놓지 않은 것이다.

우유니 소금사막이 있는 볼리비아, 자기를 찾기에 꼭 맞는 인도, 배낭 여행자의 성지 태국. 여행자로 가득한 나라의 사진을 넘기며 살펴보았다. 하지만, 어디로 가야 좋을까?

"그래, 맞아!"

문득 오늘 여행 책과 함께 다른 책도 한 권 샀다는 것이 떠올랐다. 바닥에 뒹굴고 있는 헌책방의 비닐봉지를 끌어당겼다. 책 등이 두껍고 표지에는 저자로 보이는 여자의 사진이 인쇄되어 있다. 제목은 『아웃 온 어 림 Out on a Limb』. 이 책은 마사가 『연금술사』다음으로 읽으면 좋다고 추천해준 책이다.

이 책은 셜리 맥클레인 Shirley MacLaine 이라는 미국 여배우가 쓴 자전적인 책이다. 그녀가 자신의 마음과 정면으로 대면하면서 삶의 본질을 회복해간다는 이야기로, 내가 태어나던 해에 출판된 좀 오래된 책이다.

실용주의와 합리주의가 팽배했던 당시 미국에서는 정신세계를 탐구하는 그녀의 태도를 비난하는 목소리도 컸다고 한다. 어쨌든 당시 굉장히 큰 충격을 준 작품이었던 것 같다. 가장 흥미로웠던 부분은, 그녀가 페루에서 신비체험으로 불리는 '불가사의한 체험'을 하는 장면이다. 그녀는 그 강렬했던 체험으로 인해 진정한 자신을 깨닫게 되었다고 했다. 이런 경험이 가능할까?

의심이 들 정도로 기이한 내용이었다. 집중해서 읽어나가다 보니, 저자가 자신의 생일을 말하는 장면이 나왔다. 저자가 말한 생일은 4월 24일이었다.

"어? 나랑 같잖아!"

저자와 나는, 물론 쌍둥이 나호도 생일이 같다. '424'라는 숫자는 나호와 내가 아주 특별하고 소중하게 여기던 숫자였다. 문장에서 '424'가 떠오르자, 가슴이 쿵 하고 내려앉았다. 저자와 생일이 같다는 것은 별로 특별하지도 않은 아주 작은 우연일지도 모른다. 하지만 내게는 중요한 표지로 인식되었다.

어떤 '사인'을 발견한 것 같은 기분이었다. 그리고 그 순간, 여행의 행선지가 결정되었다. 페루! 드디어 찾았다! 페루에 가자!

그때만 해도, 페루라는 나라가 어디에 있는지조차 정확하게 몰랐다. 하지만 뭔가 확실한 끌림이 있었다. 어디에 붙어 있는지도 잘 모르는 나라에 가겠다고, 나는 나호에게 돈까지 빌려 페루행 항공권을 샀다. 이때만 해도 페루가 내 인생을 바꿀 장소가 되리라는 것은 상상하지 못했다. 이것은 지금부터 시작될 '특별한 여행' 이야기의 서문에 불과하다.

나 를 끌 어 당 기 는 페 루

여행 경비도 없었고, 페루에 대해서도 잘 몰랐다. 스페인어도 할 줄 몰랐다. 여행 준비는 아무것도 해놓은 게 없다. 하지만 '가겠다'고 결정한 뒤부터는, 마치 페루가 나를 끌어당기고 있는 게 아닐까 싶은 사건들이 적지 않게 일어났다.

첫 번째 사건은 패션 학교 친구 아야로부터 비롯되었다. 아야가 말하길, 페루에 간 적이 있는 지인이 있다는 것이다. 그리하여 '아야네 엄마의 고교 동창생'인, 나하고는 꽤나 먼 인연인, '마키 아줌마'를 소개받게 되었다. 내 주변에는 페루에 가본 사람이 없기 때문에, 교토에 산다는 마키 아줌마의 존재는 중요했다. 여행을 방해하는 요소가 한두 가지가 아니었기 때문이다. 한 달 후에 여행을 떠나게 되어 있는데, 여행 경비로 모아놓은 돈은 터무니없이 부족했다. 매일 여비를 모으기 위해 아르바이트를 하느라 바빠 페루에 관해 알아볼 틈도 없었다. 출발 날짜가 가까워지고 있던 어느 날, 마키 아줌마로부터 메일이 한 통왔다. 도쿄에 가니까 만나자는 내용이었다.

"마호? 만나서 반가워요! 돈 모으느라 바빠서 준비를 전혀 못하고 있다면서? 호호호, 괜찮겠어요?"

처음 만난 마키 아줌마는 엄마와 같은 나이라고 생각되지 않을 정도로 활발하고 귀엽고 예쁜 사람이었다. 마키 아줌마와 나는 만나자마자 마음이 잘 맞았다. 그리고 이야기를 하다 보니, 마키 아줌마와는 신기한 공통점이 있었다.

"내가 페루를 혼자 여행했던 때도 마호와 같은 나이인 스물다섯 살이었어. 어쩐지 나도 다시 한 번 여행을 하는 느낌이야. 기분이 정말 묘한걸!"

우연히도 마키 아줌마가 여행을 떠난 때는 20여 년 전으로 지금의 나와 같은 나이였다. 마키 아줌마는 기쁜 마음으로 자신이 처음으로 혼자 떠난 여행 이야기를 들려주었다. 당시에 아줌마가 그린 스케치에는 스물다섯 살 때 보았던 페루 풍경이 가득했다. 페루 여행 이야기를 하는 마키 아줌마의 얼굴은 반짝반짝 빛이 났다. 아주 좋은 여행이었음을 알 수 있었다.

"무엇보다 마추픽추는 꼭 가는 게 좋을 거야. 하지만 마추픽추보다는 이 산이 더 좋더라. 그리고 쿠스코는 고지여서 추워. 옷을 여러 겹 입고 가야 해. 그리고……."

마키 아줌마는 귀중한 페루 정보를 정성스럽게 차근차근 알려주었다. 가보면 좋은 곳, 기후와 옷차림, 호텔까지 아주 상세하게 알려주었다. 책에서 본 정보보다 더 생생하고 도움이 됐다. 마키 아줌마의 페루 이야기에서 광대한 풍경과 안데스의 공기가 펼쳐지는 듯했다. 멀게만 느껴졌던 페루가 성큼 가까이 다가왔다.

"맞아, 좋은 사람을 소개해줄게! 현지에 아는 사람이 있으면 안심이 되잖아? 료니라는 사람인데, 나와 나이가 같은 페루 사람이야. 료니 씨는 예전에 일본의 대학교에서 학생들을 가르친 적이 있는 사람이라 일본어도 잘해! 그 사람을 만나면 좋을 거야!"

현지 사람을 소개받다니, 페루에 아는 사람이 없는 나로서는 굉장히 마음 든든한 일이었다. 마키 아줌마가 해주는 페루 이야기에 완전히 빠져서, 카페를 나왔을 때는 6시간이나 흐른 뒤였다. 아줌마는 진심으로 나의 여행을 응원해주었다. 마키 아줌마 덕분에 페루에서 필요한 중요한 정보를 얻을 수 있었다.

두 번째 사건은 출발 일주일 전에 일어났다. 나는 여행 경비를 모으기 위해 에비스에 있는 브리티시 바에서 일하고 있었다. 그날은 내가 카운터에 서 있었는데, 가게 문을 열고 엄청난 미인이 들어왔다. 예전에 일하던 야요이라는 사람이었다.

야요이 씨에 관한 얘기는 다른 직원한테서 들은 적이 있다. 야요이 씨는 열일곱 살 때부터 세계 여행을 한 여행 전문가라는 것이다. 그날은 히말라야 등반을 마치고 시베리아철도 여행을 한 다음 귀국한 지 하루밖에 지나지 않은 날이었다고 한다.

"야요이 씨! 귀국했구나. 여기 있는 마호도 며칠 후에 여행을 떠난대."

바의 직원이 나를 배려해 야요이 씨에게 내 이야기를 대신 꺼내주었다.

"그래요? 어디로 가요? 언제? 여행 처음이죠? 짐은 다 쌌어요? 괜찮다면 내 짐을 전부 빌려줄 테니 가져가요."

"네? 그래도 되나요?"

"괜찮아요. 여행하다 보면 뭔가 받기도 하고 주기도 하는 건

흔한 일이니까."

그렇게 말하더니, 여행에서 돌아온 지 하루밖에 지나지 않은 야요이 씨는 시원스럽게 자신이 사용하던 여행 장비를 전부 빌려주었다. 침낭과 세면도구, 배낭과 윈드브레이커까지, 야요이 씨는 여행 전문가답게 완벽한 도구를 갖추고 있었다. 전부 구입하면 10만 엔 정도는 들 것 같았다. 경비가 넉넉지 않은 나로서는 갖추기 어려운 것들이었다. 떠나기 일주일 전인데도 여행 준비가 변변찮아서 걱정이었는데 정말로 고맙기 짝이 없는 일이었다.

"잠깐 손 좀 빌려줘요."

"?"

"이건 부적이에요. 좋은 여행이 되길 바랄게요!"

야요이 씨는 내 오른손에 손수 만든 팔찌를 놓고 방긋 웃었다.

"야요이 씨, 뭐라고 감사 말씀을 드려야 할지, 정말 고맙습니다. 나도 여행하며 갚을게요."

여행하는 사람들은 모두 이렇게 친절한 걸까? 여행을 떠나기 전에 야요이 씨로부터 아주 중요한 것을 배웠다. 그리고 야요이 씨 덕분에 여행에 필요한 도구를 갖출 수 있었다.

하고자 하니, 우연이 돕는다

짐을 다 싼 다음 여행에 가져갈 돈을 세어보았다. 해외여행보험에 가입하고 집세까지 내야 하는데, 한 달 동안 모은 돈이 겨우 8만 엔이었다.

이걸로 모자라지 않을까? 하지만 방법이 없네. 돈이 떨어지면 거리에서 '소울 컬러'라도 해야지!

적은 돈이나마 가지런히 모아서 배에 동여맸다.

딩동.

갑자기 내 앞으로 소포가 배달되어 왔다. 떠나기 전날인데, 누가 이렇게 아슬아슬하게 우편물을 보냈을까?

배달된 소포를 받고 발송인의 이름을 찾아보니 마키 아줌마였다. 소포 안에는 여행을 응원한다는 편지와 부적 같은 게 들어 있었다.

마키 아줌마, 고마워요.

배달된 부적과 편지를 작게 접어 배낭 주머니에 넣고 함께 여행을 하기로 했다. 그런데 상자 안쪽에 아직 뭔가 있다.

뭐지?

비닐봉지에 쌓인 그것을 빼내서 열어보았다. 낡고 빛바랜 달러 지폐였다. 지금은 없는 옛날 그림이 인쇄되어 있을 정도로 오래된 지폐였다. 그밖에도 칠레와 볼리비아, 페루 화폐도 들어 있었다. 마키 아줌마가 여행 후에 남은 돈을 모아 두었는데, 그걸 나에게 보내준 것이다.

세어보니 내가 모은 돈보다 많았다.

"마호, 멋진 여행이 될 거야. 잘 다녀와!"

시원시원한 마키 아줌마답게 달필의 글씨가 춤추고 있었다. 나이 많은 친구한테서 온 응원 메시지였다. 가슴 깊은 곳에서 뜨끈한 무언가가 북받쳐 올랐다. 페루에 대해 말하며 즐거워하던 마키 아줌마의 얼굴이 떠올랐다. 아줌마의 두 번째 여행을 부탁받은 듯한 기분이었다.

마키 아줌마, 고마워요. 이것도 부적으로 여길게요.

다시 가지런하게 비닐봉지에 넣은 다음 지폐를 배낭 깊숙이 넣었다. 한 달 전에는 페루도 몰랐고, 돈도 생각만큼 모으지 못했다. 이렇게 우연의 모습을 하고 도와주는 사람이 없었다면 제대로 출발이나 했을지 모르겠다. 마키 아줌마, 야요이 씨와 맞닥뜨린 만남이 페루까지 길을 열어준 것이다. 정말 감사했다. 그리고 최근 한 달 사이에 페루로 이끌려가듯 준비된 도움에 약간은 당황스럽고 신기한 기분마저 들었다.

마침내 내일 출발이다. 페루에 이를 때까지 우연한 도움은 더 계속되었다.

여지없이 계속되는 우연

나호의 배웅을 받으며 나는 에비스의 아파트를 나왔다. 배낭은 7킬로그램. 하지만 키가 작은 나한테는 몸통의 절반이나 되는 큰 짐이다. 나리타공항에 가기 위해 전철을 타니 아침 통근전철을 이용하는 사람들의 시선이 따가웠다. 막상 떠나는 날이 되니 출발의 감동과 설렘은 별로 없었다.

그보다는 가장 큰 걱정거리가 아직 남아 있다. 바로 '비행기'였다. 나한테는 이번이 최초의 해외여행이다. 영어도 스페인어도 할 줄 모르는 내가 외국 공항에 내려 다음 비행기로 갈아타는 수속을 제대로 밟을 수 있을까?

걱정이 사라지지 않았다. 탑승구에서 일본인을 찾아보았지만 주위에는 외국인뿐이다. 그런데 비행기 바로 옆자리에 앉은 사람이 일본인 여성이었다! 그리고 갈아탄 다음 비행기에서도 옆자리에 일본인 여성이 앉았다! 가장 큰 걱정거리였던 비행기 환승이, 두 번씩이나 일본인 여성을 만난 덕에 어려움 없이 해결되었다. 페루까지의 모든 여정이 무언가 거대한 표지처럼, 나를 이끌어주고 있는 듯한 느낌이었다.

그리하여 마침내 나는 페루에 도착했다.

흐름에 따라
산다는 것

　인생은 거대한 소용돌이 같다. 인생의 흐름이 소용돌이의 중심을 향해 나아가는 것이다. 때로는 중심에서 벗어나는 일도 있지만 벗어나려는 힘보다 중심으로 돌아가려는 힘이 더 크다. 그래서 우리는 반드시 소용돌이의 중심으로 되돌아간다. 자기의 중심으로.

　자기의 중심으로 돌아가면 마음 깊은 곳에서 안심이 된다. 그러면 가장 자연스럽게 자신의 힘을 최대한으로 발휘할 수 있게 된다.

　자기의 중심에서 조금씩 벗어나면서 자꾸만 밖으로 헤엄쳐 가면, 접영을 하든 자유형을 하든, 조금씩밖에는 앞으로 나아가지 못한다. 그래도 헤엄치고 있는 자신은 먼 곳으로 나가고 있다고 믿는다. 입에 물이 들어가고, 다리에 쥐가 나서야 비로소 깨닫는다. 내가 조금밖에 나아가지 못했음을. 그리고 중심에서 멀리 떨어졌다는 사실도. 이윽고 조금씩 알게 된다. 헤엄치기를 멈추고 물의 흐름에 몸을 맡기면 제대로 흘러가게 된다는 것을.

· · · 우 울 선 언 · · ·

2013년 봄.

도쿄에 와서 이 회사에 다닌 지 거의 1년이 되어가고 있었다.

"앞으로 일주일 정도 지나면 우울증이 오겠네요."

"네? 우울증이요?"

나는 갑작스런 말에 깜짝 놀랐다.

"이대로, 회사의 방식대로 살다가는 말이죠."

그녀는 손에 들고 읽던 자료를 덮고 시선을 나한테 옮기며 말했다. 걱정스럽다는 듯이, 또 약간 질렸다는 듯이 나를 보았다. 내 앞에 앉아 있는 여자는 의사다.

'산업의'라는, 노동자가 건강하게 일할 수 있도록 지도하고 조언을 해주는 의사다. 우리 회사는 바쁘게 일하느라 병원에 갈 시간이 없는 사람이 많아 이렇게 한 달에 한 번씩 의사가 방문해준다.

날씬하고 화사한 이 여성은 전혀 의사로 보이지 않는 앳된 얼굴이다.

"나 참, 일중독이에요."

내가 작성한 일상생활에 대한 설문조사를 눈으로 훑으며 한숨을 쉬고는 다시 한 번 나를 본다. 3개월 전, 나는 자꾸 발이 붓는 게 걱정되어 진찰을 받았다. 하지만 그러고 나서 바로 업무가 바빠져 산업의의 방문 일정과 내 일정을 맞추지 못했다. 결국 3개월이 지난 뒤인 오늘에서야 두 번째 진찰을 받게 된 것이다.

사실 지금은 3개월 전의 발 부종에 별로 관심도 없다. 오늘 진찰은 아무 의미도 없고 빨리 끝낸 다음 회의를 준비해야 한다는 생각으로 진찰을 받았다. 그렇게 무성의하게 받은 진찰에서 불쑥 들은 말이, 일주일 정도 지나면 우울증이 온다는 것이라니.

"우울증이요? 선생님 저는 우울증에는······."

우울증에는 걸리지 않아요. 그렇게 말하려는데 그만 말문이 막히고 말았다. 눈물이 쏟아져서 말이 나오지 않았다. 눈물은 멈추지 않고 계속 흘렀다. 그리고 그때 비로소 내 상태에 대해 깨달았다. 입에 물이 들어가고 다리에 쥐가 나면 비로소 물에 빠지고 있음을 깨닫는 것처럼.

새로 들어간 회사는 IT 관련 벤처기업이어서 사원의 평균 연령도 어렸고, 진취적인 사람도 많았다. 사무실은 세련되고 예뻤으며 회의실도 많았다. 출퇴근 시간도 정해져 있지 않은 데다, 복장도 잠옷만 아니면 된다는 자유로운 곳이다. 사원들도 모두 스스럼없고 친절했다.

내 이름이 쇼노 나호라고, 막 입사한 나한테 '쇼짱'이라는 별명을 붙이고 환영해주었다. 모두 각자의 일이 있어, 여자든 남자든 남녀를 가리지 않고 다음 날 아침까지 기획 회의나 디자인 회의를 하기도 했다. 여러 가지 것들을 배울 수 있는 환경이 회사 안에 갖춰져 있었고, 가족적인 분위기에 직원들도 적극적이어서 나는 금세 이 회사가 마음에 들었다.

그랬다. 이런 회사를 동경했었다. 일도 재미있었다. 모르는 게 많아서 날마다 공부를 해야 하지만, 새로운 것들을 배우며 점점 할 수 있는 것들이 늘어나고 눈앞의 장해를 돌파해 나간다는 성취감이 들었다. 금요일에는 회사의 선배들과 술잔을 기울이며 스트레스를 푸는 즐거운 시간을 가졌다. 일 때문에 힘들어할 때는 진심으로 격려해주는 동료들이 있었다.

"나호, 어서 와. 우리 문어BAR에 가자!"

퇴근 후에는 마호와 함께 보내는 최고의 시간도 기다리고 있었다. 일에 대한 부담은 항상 있었지만 정말 재미있었다. 모든 것이, 다 잘되고 있었다.

앞으로 어떻게 될지는 모르지만, 나를 인정해주는 환경이 그곳에 있었다. 입사한 지 1년이 지나자 나는 그동안 하지 않았던 여러 가지 일을 맡아서 하게 되었다. 누구나 아는 유명한 대기업의 담당자가 되어 근사한 빌딩으로 회의를 하러 들어갈 때는 자부심을 느끼기도 했다.

오랜만에 같이 살게 된 마호는 작년 말에 여행을 떠났다. 마호에게 아주 중요한 여행이라는 것을 알고 있었기 때문에 진심으로 응원했다. 마호가 떠나고 회사 일도 익숙해지자 나는 완전히 일에 몰두해서 살았다. 혼자서 회의를 하러 가는 날도 많아졌고, 입찰 경쟁에서 이길 정도의 능력도 쌓였다. 날마다 기획서를 만들어 회의 준비를 하고, 일이 끝나면 부족한 IT 지식을 습득했다.

하지 않으면 안 되는 일이 산더미 같았다. 최근 2개월은 더 바빠져서 수면 시간을 두세 시간으로 줄이고, 이틀 연속으로 철야 근무를 하는 게 일상이었다. 노력한 만큼 결과가 나왔고 주변에서도 평가해주었다. 일에 대한 부담감은 일을 더 열심히 하게 만들었다. 하지만 나는, 아무리 시간이 지나고 일이 익숙해져도 여전히 부족하다는 느낌뿐이었다.

능력이 모자란다, 노력이 모자란다, 일을 잘 못한다, 이해가 되지 않는다.

왜 그랬는지는 모르겠지만, 내 부족함을 아무에게도 말할 수 없었다. 스스로 부족하다고 여기며 자꾸만 다그치고 있었다.

아직, 아직, 아직, 아직, 아직.

좀 더, 좀 더, 좀 더, 좀 더, 좀 더.

눈앞에는 넘어야 하는 장해물이 잔뜩 놓여 있다. 가던 길을 멈출 수는 없다. 일단 걸음을 멈추면 장해물에 걸려 넘어질 것 같았기 때문이다. 장해물은 계속 넘어야 한다. 넘지 못한 사람은 노력하지 않는 사람으로 취급되어 회사나 사회로부터 퇴출당하기 때문이다. 그러다 보니 일이 끝나고 아침이 오는 것이 무서워졌다. 일이 없는 주말에는 아무것도 생각할 수가 없었고, 밖으로 나갈 기력도 없었다. 모두 나를 무능한 사람으로 여기지는 않을지 걱정되었다.

사실은 잠시 멈추고 싶었다. 쉬고 싶었다. 하지만 그런 마음의 소리에 귀를 기울일 여유는 없었다. 언제나 내일이나 그다음 일에 대한 생각으로 머리가 가득 차 있었다.

좀 더, 좀 더.

노력하고 노력한다.

도전하고 도전한다.

계속 달리는 수밖에 없었다. 나도 모르게 마음의 소리를 무시하고, 무리하면서 살고 있다는 것을 모르는 척하며 살았다. 이미 한계에 도달했는지도 모르겠다. 3개월 전의 다리 부종은 기적적인 타이밍으로 나타나 지금의 나를 구원해준 것인지도 모른다.

"회사에는 일찍 퇴근을 시켜야 한다고 얘기해놓을게요. 당신에겐 휴식이 필요해요."

여전히 눈물을 그치지 못한 채로 작게 고개를 끄덕였다. 자기의 중심에서 조금씩 벗어나면서 자꾸만 밖으로 헤엄쳐갈 때, 접영을 하든 자유영을 하든, 조금씩밖에는 앞으로 나아가지 못한다. 그래도 헤엄치고 있는 자신은 먼 곳으로 나가고 있다고 믿는다. 진단 결과는 바로 회사에 전해졌고, 그날부터 나에게는 '8시 퇴근' 명령이 떨어졌다.

8시 퇴근은 솔직히 기뻤다. 하지만 지금까지 새벽 서너 시까지 일을 해도 끝내지 못했는데, 8시에 퇴근해도 일이 돌아갈까? 불안하고 미안했다. 선배가 일을 덜어주겠다고는 했지만, 정말 8시에 가도 괜찮을까?

그런 불안을 안은 채 8시에 퇴근했다. 8시 퇴근을 시작한 지 얼마 후, 내가 없어도 별탈 없이 일은 잘 돌아가고 있었다.

뭐지? 내가 없어도 일은 잘만 돌아가네.

좀 놀랐다. 내가 반드시 필요하기 때문에 쉴 수 없다고 생각했다. 그런데 이렇게 걸음을 멈추는 것도 가능했고, 일도 제대로 돌아가고 있다. 과연 내가 소중하게 지키려 했던 건 뭐였을까? 내가 무의식적으로 갖고 있던 신념이 조금씩 윤곽을 드러내고 있었다.

절대 안 돼. 이건 이렇게 해야 해.

나는 무의식적으로 스스로 생각과 행동의 틀을 만들고 있었다. 나만의 사고 범위 안에서 어떤 것을 선택하거나 행동했던 것이다. 내 주변에 보이지 않는 담이 있다. 지금은 분명히 그 담이 있다는 것을 안다. 그 담을 넘을지 말지는 나한테 달려 있다.

나는 어떤 인생을 살고 싶은 걸까?

마음을 바라볼 수 있는 시간을 가지게 된 지금, 비로소 생각하기 시작했다. 회사에 돌아가면 다시 쉬지 않고 벽을 넘어야 하는 나날이 시작된다. 나는 이렇게 사는 것이 좋은 걸까? 벽을 다넘고 나면 그곳에는 또 무엇이 있을까? 만약 아무런 속박 없이 인생을 살아갈 수 있다면, 나는 어떤 인생을 선택할까?

···두 근 거 리 는 삶 은 불 가 능 하 지 않 을 까 ?···

오늘도 8시에 퇴근했다. 집으로 돌아가는 길에 잠깐 문어BAR에 들렀다. 요즘은 막 도쿄에 왔을 당시, 마호와 함께 살던 때를 자주 떠올린다. 아직 마호에게는 건강이 나빠졌다는 얘기를 하지 않았다. 지금쯤 마호는 어디서 무엇을 하고 있을까? 갑자기 마호가 너무 그리워져 수첩에 넣어놓은 마호의 편지를 꺼냈다.

도쿄에서 둘만의 생활을 시작한 지 얼마 지나지 않았을 때 마호가 써준 것이다. 수첩에 넣어두었다는 것을 까맣게 잊고 있었다. 개성 있는 마호의 필체를 보니 마호가 더 그립다.

나호, 기억해? 그날 밤, 7월 말쯤이었나? 『연금술사』를 읽고 설렜다는 얘기를 했던 거.

그때 나호는 일이나 연애 모두 열정적인 모습으로 살고 있었던 것 같아. 아자아자, 파이팅! 그러면서. 하지만 그때 너무 무리했지.

그날 밤, 둘이서 그려본 미래와 강렬한 설렘이 오늘로 이어지게 한 것 같아.

나호는 도쿄에 온 다음에도 한결같이 긍정적인 마음으로, 똑바로 앞만 보고 걸어가는 것 같아. 좋은 회사에 들어가 좋은 동료들을 만났고, 가끔 우리는 둘이 카페에 들어가 이야기도 하고.

나는 지금 이 순간이 너무 사랑스럽고 행복해.

돈도 없고, 고집쟁이인 데다 별로 미덥지도 않은 나를 한결같은 마음으로 믿어줘서 정말로, 정말로 고마워.

어릴 때부터 나호는 나의 실수를 번번이 용서해주고, 자신감이 없던 나를 언제나 위로하고 믿어주었어. 그래서 덕분에 여기까지 올 수 있었던 것 같아.

예전이나 지금이나 나호는 변함없이 긍정적이고 따뜻해.

나호는 자주 "나한테서 사랑을 배운다."고 말하지만, 잘 생각해보면 어릴 때부터 나에게 사랑을 가르쳐준 사람은 나호였어.

혼자일 때는 소중한 것을 자꾸 잊어버리겠지만, 함께 있으면 잊어
버리지 않을 거야.

이렇게 둘이 함께 살게 된 게 기적 같아.

나한테 같이 살자고 말해줘서 정말 고마워.

둘이서 많이 사랑하며 살자.

고마워, 나호.

편지를 읽으며 손으로 눈물을 닦았다. 이 편지를 읽으면 항상
울고 만다.

"혼자일 때는 소중한 것을 자꾸 잊어버리겠지만, 함께 있으면
잊어버리지 않을 거야."

이 부분이 자꾸 마음에 남았다. 둘이서 사는 삶.

그것은 나에게 가장 두근거리는 삶일 것이다. 집에 돌아와 페
루에 있는 마호에게 전화를 걸었다. 회사 일이 바빠서 너무 무리
하는 바람에 마음을 돌아보지 못했던 일이나 조금만 있으면 우
울증에 걸릴 뻔했다는 얘기를 웃으면서 말했다. 명랑하게 얘기
하는 나와는 달리 마호의 목소리는 순식간에 가라앉았다.

"나호, 그 정도가 될 때까지 일을 하면 어떡해! 이런 때 같이
있어주지 못해서 정말 미안해."

전화기 너머 눈물로 엉망이 된 마호의 얼굴이 보이는 것 같다.

마호는 진심으로 나를 걱정하고 있다. 울면서 마호가 말했다. 도쿄에서 같이 살자고 제안했던 그때처럼.

"나호, 그 회사 언제까지 다닐 거야? 내가 귀국하면 같이 일하자. 함께 여행하면서."

같이 일을 하다니? 여행도 하면서?

"하하! 앞으로 2, 3년은 회사에 더 다닐 것 같은데? 무슨 일을 같이 하자는 거야?"

농담이라고 생각해 웃으면서 말했다.

언젠가 반드시 같이 일하자.

이것은 우리가 초등학교에 다닐 때 했던 약속이다.

"어른이 되어도, 계속 두근거리는 마음으로 살 수 있다면 무슨 일을 할까?"

그날 밤, 서점 주차장에서 통화를 할 때도 둘이서 여행을 떠나자는 얘기를 했다. 하지만 그때가 바로 지금이라고는 생각하지 않았다. 그것은, '언젠가 반드시'라는 말로 시작하는 꿈 이야기일 뿐이다.

"마호는 소울 컬러를 하면 되지만, 난 아무것도 못 하잖아."

마호는 태어날 때부터 공감각 능력이 뛰어나 소리나 사람의 색을 함께 보는 능력이 있었다. 여행을 떠나기 전에도 그 감각을 살려 '소울 컬러 아티스트'로 활동했다.

"나호는 오래전부터 그 사람의 본질을 잘 알아내잖아! 색은 보이지 않아도 특별한 능력이야. 같이 그런 거 하면서 살자!"

마호는 진심이었다. 나는 마호처럼 색을 보는 능력은 없었지만, 어릴 때부터 사람의 얼굴을 보면 그 사람이 가진 본질과 재능을 알아보는 능력이 있었다. 하지만 어른이 되면서 감각이 희미해져, 이젠 내 감각을 믿을 수도 없게 되었다.

"어쨌든 생각해봐. 분명 재미있을 거야."

너무 무리해서 일하지 말라는 염려와 함께 마호는 전화를 끊었다. 둘이서 일한다. 만약 그게 가능하다면 정말 재미있을 것이다. 하지만 동시에 그것이 불가능한 이유가 자꾸 떠올랐다.

마호의 귀국은 두 달 후다. 나는 1년 후에나 끝나는 큰 프로젝트를 진행하고 있었다. 그 전에 일을 그만두는 것은 도저히 불가능하다.

돈은 어떻게 하지? 우리 두 사람의 생활비는 거의 내가 번 돈으로 충당하고 살았다. 회사를 그만두고 나면 무슨 일을 해서 돈을 벌지?

정말 재미있겠다고 들떴던 기분은 순식간에 덧없이 사라져버리고 말았다. 마호는 사회생활 경험이 거의 없어서 뭘 모르는 거야. 그렇게 생각하고 이불 속으로 들어갔다. 나는 아직 담장 안에서 나가지 못하고 있었다.

8시 퇴근은 한 달 동안 지속되었다. 그 한 달 동안 나한테 커다란 변화가 일어났다. 마음의 소리에 귀를 기울인 결과, 스스로에게 거짓말을 할 수 없게 되었다. 어쩔 수 없다고 원래 그런 거야라고 포기하고 매듭지어버리는 일이 이제는 불가능해졌다.

새록새록 느껴지는 기분이 있었다. 나한테도 이런 기분이 있었다는 사실이 새삼스러웠다. 드디어 무의식의 '담장'을 깨닫게 된 것이다. 그러자 다시 '사람을 알아보는' 감각이 돌아왔다.

감각이 돌아오니 사람들이 나를 찾아왔다. 아무한테도 말하지 않았는데 친구, 회사 동료, 처음 본 사람들까지 잇달아 고민을 들어달라며 찾아왔다. 혼자 교토 여행을 갔을 때, 처음 만나 친하게 된 여자의 이야기를 들어주었는데, 그게 소문이 나서 사람들이 나에게 상담을 요청하며 찾아오게 된 것이다. 사람들은 내가 머무는 숙소까지 찾아왔다.

처음에는 어리둥절하고 당황스러웠는데, 상담해준 사람들이 좋아하는 것을 보니 나도 기뻤다. 아무리 큰 절망에 빠져 있는 사람이라도 자신을 비하하는 사람이라도, 모두 비범한 가능성을 갖고 있으며, 각자 자기만의 빛으로 빛나고 있는 것이 나한테는 명확하게 보였다. 사람마다 다른 가능성이 있음을 알려주는 것은 정말 행복한 일이다. 자신의 가능성을 깨닫는 순간, 그 사람은 행복한 사람이 된다.

나 이렇게 살고 싶어!

한 달 동안의 8시 퇴근이 끝날 무렵, 나는 마호와 둘이서 일을 하며 살아야겠다고 결심했다. 돈이든 일이든 어떻게든 될 거라는 생각이 들었다. 하지만 회사만큼은 바로 그만둘 수 없었다. 정말 마음에 들기도 했고, 지금까지 나를 배려해주었기 때문이다. 잘 생각해서 내 나름의 은혜를 갚은 후에 그만두고 싶었다. 마호는 당장 그만두라고 성화였지만, 상사와 의논해서 반 년 후에 그만두기로 결정했다.

잘한 건지 모르겠다. 무엇을 하며 살지도 아직 정하지 않았다. 앞날이 전혀 보이지 않았지만 나는 내가 선택한 미래가 정말 설레었다. 이젠 모든 것을 흐름에 맡기겠다고 생각했다. 그러자 조금씩 알게 되었다. 헤엄치기를 멈추고 물의 흐름에 몸을 맡기면 제대로 흘러가게 된다는 것을.

· · · 안 녕 , 안 녕 ! · · ·

2013년 7월 29일.

"쇼짱, 왜 이리 늦었어!"

그날은 퇴사일이다. 바쁜 시기인데도 부서원들이 모두 모여 송

두 번째 이야기

13

별회를 열어주었다. 회사 근처의 술집에는 오랜만에 모든 부서원이 모여 있었다.

"죄송해요. 방금 끝내고 왔어요."

"퇴사하는 날 사직서와 시말서를 같이 제출하는 사람은 나호가 처음일 거야!"

"죄송합니다."

나는 어색하게 웃으며 표정을 얼버무렸지만, 상사는 좀 못마땅한 표정이었다. 퇴사일이 가까워지면서 자꾸 업무에 차질이 생겼다. 인쇄소에 발주한 물건이 배달되지 않거나, 배달기사의 실수로 이벤트에 필요한 팸플릿이 누락되는 일도 있었다. 그날도 중요한 제품에 인쇄 사고가 발생하고 말았다.

자꾸 이런 일이 생기는 까닭은 짐작할 수 있었다. 지금 당장 마호와 함께 일을 하고 싶은 마음에, 회사 일에서 점점 마음이 떠나고 있었던 것이다. 시간이 지날수록 회사 일에 대한 집중이 떨어졌다. 마음과는 다른 일을 하고 있다는 게 현실에서 문제를 만들고 원활한 진행을 방해한 셈이다.

그것은 내가 '소용돌이의 한가운데'로 들어가고 있기 때문이었다. 소용돌이의 중심에 가까워질수록 그 속도도 빨라지고 있었다.

"쇼짱, 힘 내! 실패하면 다시 돌아와!"

모두 나를 기쁘게 보내주었다. 존경하던 선배한테 들은 말은 지금도 기억하고 있다.

"쇼짱을 처음 보았을 때는 뭐든지 할 수 있는 유능한 사람이라고 생각했어. 그런데 아니었어. 쇼짱은 도전하는 사람이었어. 자기가 믿는 길에 도전하는 사람은 멋있어."

동경했던 회사, 멋진 동료들, 좋아했던 일터. 지금까지의 모든 만남이 나를 여기까지 데려다주었다.

앞으로 행선지는 모두 내 마음속에 있다. 나는 그것을 믿어야 한다.

안녕.

고마워.

여행의
이유

페루의 수도 리마. 일본을 떠난 지 30시간 정도 지났다.

내 몸의 반을 차지하는 배낭을 짊어지고 출입구를 빠져나왔다. 새벽 1시가 가까웠지만 공항은 비행기에서 내린 사람을 기다리는 이들로 떠들썩했다. 입국장에서 서로를 발견한 사람들은 얼싸안으며 기뻐했다. 한겨울인 일본과는 완전히 다르게 초여름에 가까운 날씨. 공기도 늘 느끼던 그런 공기가 아닌 것 같다. 주변에서 스페인어가 오고간다. 나에겐 아직 의미가 되어 와닿지 않아 그저 소리로밖에는 들리지 않지만.

스페인어의 독특한 템포가 느낌이 좋다. 공항 밖으로 나가니 택시기사가 열심히 호객을 하고 있다. 모든 것이 신선했다. 긴 시간 비행하느라 피곤해서 졸음이 올 법한데도 몸속의 모든 세포가 전부 열린 것 같다. 고양되고 흥분되고 긴장되고 두근거리고 설레었다.

마키 아줌마가 소개해준 료니 씨가 마중 나와 있을 터였다. 인파 속에서 료니 씨를 찾았다. 료니 씨의 얼굴도 잘 모른다. 휴대전화를 사용할 수도 없다. 그래도 잘 찾을 거라는 예감이 들었다. 무거운 배낭을 짊어진 채로 걸음을 재촉했다. 료니 씨를 만날 생각으로 기대에 부푼 나를 발견했다.

앞쪽에 수염을 기른 남자가 스쳐지나갔다. 순간 그 옆모습에서 어쩐지 바로 알 수 있었다. 저 사람은 분명 료니 씨야!

"료니 씨!"

큰 소리로 료니 씨의 이름을 불렀다. 그가 뒤를 돌아본다. 마키 아줌마와 같은 나이니까 50대 중반 정도일 것이다. 상냥하고 깊은 눈에 하얀 수염이 난 료니 씨는 좀 더 나이가 들어 보였지만 나이는 짐작할 수 없었다. 료니 씨의 불가사의한 아우라는 연금술사를 연상하게 했다.

"혹시 마호 씨?"

외국어 느낌이 나긴 했어도, 부드럽고 단정한 일본어였다. 사려 깊어 보이는 눈이 싱긋 웃으며 작아졌다. 정말 반가웠다. 마치 오랜만에 아버지를 만나기라도 한 것처럼 존경심과 친밀감이 밀려왔다.

오랜 비행으로 많이 피곤해서였을까? 처음 만나는 사람인데도 기쁘고 반가웠다. 료니 씨와는, 처음 만났다기보다 어쩐지 '다시 만난 것' 같은 기분이었다. 커다란 배낭의 손잡이를 꼭 쥔 채 료니 씨에게 달려갔다.

"네. 마호입니다! 료니 씨, 이렇게 늦은 시간에, 정말 고맙습니다! 앞으로 잘 부탁드립니다."

"하하하. 마호 씨, 피곤하죠? 비행시간도 길었잖아요. 만나서 반가워요. 잘 부탁해요."

이렇게 말한 료니 씨는 이번에는 눈을 마주치며 상냥하게 웃어주었다. 악수를 한 다음에는 따뜻하게 안아주었다.

"자, 우리 집으로 갑시다. 차를 타세요."

료니 씨의 자동차에 탔다. 조수석에는 아름다운 아내가 타고 있었다. 그녀도 친절하게 나를 안아주었다. 자동차는 밝고 눈부신 공항을 벗어나 시내로 달려갔다. 나는 계속 창문으로 바깥 풍경을 보고 있었다. 자동차 창으로 스쳐지나가는 리마의 밤 풍경이 이곳은 일본이 아니라고 일깨워주었다.

뭔가 다른 느낌이다. 나는 조용히 이를 꽉 물었다. 드디어 여행이 시작되었다.

친 절 한 마 음 이 마 련 해 준 첫 날 아 침

아침에 눈을 떴다. 창문의 블라인드로 아침 해가 들어왔다. 여느 때와 다른 방의 공기, 이불 냄새.

여기가 어디지?

순간 내가 어디에 있는지 잊어버렸다. 방 안을 둘러보았다. 맞
다, 페루다. 나는 지금 페루에 있다. 점점 의식이 분명해졌다.

어젯밤 료니 씨의 집에 도착하고 나서 료니 씨는 나를 위해
준비해둔 방으로 안내해주었다. 꽤 넓은 방에는 책상과 침대가
있었다. 침대 곁에는 책으로 가득 채워진 책꽂이가 있다. 방문
옆에는 커다란 그림이 장식되어 있다. 유화인가? 질감이 독특하
다. 우주 같은 공간에 태양과 달이 있고 사람들은 춤을 추고 있
다. 낯설지만 어딘가 익숙한 느낌을 갖게 하는 그림이었다.

나는 이 방이 아주 마음에 들었다.

료니 씨의 집은 멋진 저택이다. 엄마와 아빠가 사는 고향집보
다 세 배는 클 것이다. 방이 많았고, 넓은 정원이 있었다. 도우미
아주머니도 있다. 커다란 창에서는 빛이 가득 들어왔고, 낮 동안
은 밝은 방 안에 기분 좋은 음악이 흘렀다. 거실과 계단과 모든
방에는 그림이나 조각이 장식되어 있었다. 료니 씨네 집에서 지
내는 며칠이 시작되었다.

꼭 '무언가' 되어야 하는 걸까?

료니 씨는 아티스트다. 연극, 그림, 서예, 조각, 아트 프로젝트
등 다양한 일을 하고 있었다. 도쿄의 다이칸야마에도 료니 씨의

작품이 있다고 한다. 내가 묵는 방에 있는 그림도 료니 씨의 작품이었다.

마침 휴가 중이었던 료니 씨는 나를 데리고 박물관과 바다와 슈퍼마켓, 그의 아틀리에 등 여러 곳으로 데려가주었다. 료니 씨와 함께 간 모든 곳이 재미있고 신선하고 설레었지만, 무엇보다 좋았던 건 료니 씨와 이야기를 나누는 시간이었다. 그는 경제적으로 성공했을 뿐만 아니라 인생철학도 풍요로웠다. 이런 사람을 만난 것은 처음이었다. 료니 씨와 자동차를 타고 있을 때 이런 얘기를 했다.

"저희 부모님은 의사였어요. 저도 의사가 돼야 하는지 고민을 했는데, '라이프스타일'로 결정했어요. 그래서 나는 의사가 되지 않기로 했어요."

"예? '라이프스타일'이요?"

놀라서 되묻고 말았다. 의사가 되는 것을 라이프스타일을 이유로 포기하다니 처음 듣는 얘기다.

"의사도 매력적이었어요. 하지만 언제나 같은 장소에 있어야 하잖아요? 나는 다양한 장소에 가서 나와는 다른 생각을 하는 사람들과 만나고 싶었어요. 그런 라이프스타일로 살고 싶었어요. 그런 인생을 살고 싶었기 때문에 아티스트라는 직업을 선택한 거죠."

그의 말은 단순했지만 매우 중요한 말이었다. 그의 사고방식과 세상과 자신을 바라보는 관점은 언제나 나에게 중요한 것이 무엇인지를 생각하게 했다. 밤에 잠들기 전에는 반드시 료니 씨한테 들은 말을 적어두었다. 미술관에서도, 식탁에서도, 차 안에서도 나는 료니 씨의 말에 흠뻑 빠져 있었다.

한번은 료니 씨에게 언제부터 아티스트로 활동했는지 물어보았다.

"그러니까, 일곱 살 때부터 그림을 그렸나?"

농담 같지만 진지한 어조였다.

음, 그게 아니라, 아티스트라는 직업으로 생계를 해결한다거나, 일정한 수입이 들어온 지는 얼마나 되었는지 같은.

더 자세하게 물어보려다가 그만두었다. 조금 부끄러워졌기 때문이다. 왜 돈을 벌어야만 '그 직함'이 된다고 생각하는 걸까?

료니 씨는 일곱 살 때부터 그림 그리는 것을 좋아했고, 지금도 그림을 그리고 있다. 그저 그뿐이다. 그러다 우연히 '아티스트'라는 직업이 붙여진 것뿐이다. 그렇게 생각하니, 무언가가 되기 위해 일을 하는 것은 옳지 않다는 생각이 들었다. 우리는 이미 무언가가 되어 있지 않은가?

태어나면서 적어도 '자기 자신'은 되어 있다. 사람마다 가르치는 것을 좋아한다거나, 운동을 잘한다거나, 친구를 잘 사귄다는 면이 있다. 그러다 보면 어느 새인가 직업명이 붙은 일을 하게 되는 것뿐이다. 이렇게 생각하는 게 훨씬 진정성 있고, 본질적인 것으로 생각되었다.

료니 씨의 사고방식은 아주 간단하고 명료했다. 자꾸 잊어버리게 되는 소중한 것을 잊어버리지 않고 살아가는 사람이었다. 새해 첫날은 료니 씨의 친척들과 함께 별장에서 보냈다. 리마로 돌아와서도 료니 씨와 여러 곳을 돌아다녔다. 료니 씨 집에서 지낸지 벌써 일주일이 지나고 있었다.

나 홀 로 길 을 떠 나 다

"료니 씨, 이제 저 출발해야겠어요."

료니 씨에게 말했다. 언제나처럼 아침 해가 환하고 따뜻하게 들어오는 거실에서 아침 식사를 하고 있을 때였다.

"아, 그래요? 어디로 갈 건가요?"

"에, 그러니까 마추픽추라도 보러 가고 싶어요."

"마추픽추는 좋은 곳이에요. 가는 방법은 알고 있나요?"

"아니, 그…… 사실은 지도고 뭐고 아무것도 갖고 있지 않아요. 어디로 갈지, 무엇을 할지, 사실은 아무것도 결정하지 않고 왔거든요."

부끄러웠지만 솔직하게 말해버렸다. 정말로 지도고 뭐고 아무것도 갖고 있지 않았다. 여행의 목적조차 아직 잘 모르겠다. 하지만 내일은 다음 장소로 가야겠다고 생각했다.

"하하하! 재미있네요! 알겠어요. 잠시 기다려봐요."

그렇게 말하고는 야릇한 웃음을 짓더니, 료니 씨는 아침 식사를 하다 말고 종이와 펜을 가져왔다.

"지도가 없다면 내가 그려줄게요."

그리고 찢어온 메모지에 붓펜으로 쓱쓱 하더니 단번에 지도를 그렸다. 붓으로 그린 굵은 선에 '쿠스코', '아레키파', '마추픽추' 같은 유명한 지명을 추가했다. 리마에서 마추픽추까지는 버스로 하루 하고도 한나절이 걸리는 거리라고 했다. 그렇게 먼 거리가 작은 종이 지도 위에 일필휘지로 그려져 있다. 마치 집 근처 슈퍼마켓 위치라도 그린 듯이 무척이나 대략적인 지도가 완성되었다.

그런 다음 료니 씨는 한 번도 들어본 적이 없고 보통 가이드북에는 절대 실리지 않을 것 같은 작은 마을의 이름을 적어주었다. 거기에 마을 이름과 사람 이름으로 보이는 것을 적었다.

"이 작은 마을에 댄이라는, 교겐(狂言, 일본의 4대 고전 연극 중 하나) 배우였던 미국인 점성술사가 있어요."

료니 씨는 지도의 한 장소를 손가락으로 가리켰다.

"네에? 교겐이요? 점성술사?"

생소한 단어에 순간적으로 한자를 어떻게 쓰는지 떠올려보았으나 생각나지 않았다.

댄. 미국인으로 교겐사이자 점성술사. 보통 사람은 아닌 것 같았다.

"마추픽추에 간 후에라도 그를 만나보세요. 돌아가는 길에 있으니까요. 친구 마호가 간다고 말해둘게요."

그러고는 방금 완성한 지도를 건네주었다. 지도를 보고 있자니 뭐라 표현할 수 없는 설렘이 솟구쳤다.

"네. 가볼게요. 감사합니다!"

'댄'과 '작은 마을' 옆에는 볼펜으로 별표를 해두었다. 다음 목적지는 마추픽추와 댄이 사는 작은 마을이다.

"여기는 당신 집이에요. 언제든 돌아오세요."

다음 날, 료니 씨는 처음 왔을 때와 마찬가지로 따뜻하게 배웅해주었다. 일주일 넘게 신세지며 여러 가지를 배웠던 료니 씨의 집을 떠나게 되었다. 그리고 지도 한 장에 의지한 혼자만의 여행이 시작되었다.

이 상 한   꿈 과   기 묘 한   예 감

마추픽추에 가려면 예약이 필요하다고 해서 등산 티켓을 사기 위해 리마에서 장거리 버스를 타고 쿠스코로 향했다. 쿠스코는 유네스코 세계문화유산으로 등록되었을 정도로 아름다운 도시라고 한다.

리마에서 쿠스코로 가는 버스는 거의 하루가 걸렸다. 승객은 적었고, 버스의 커다란 창과 면한 자리는 내가 앉을 특등석이었다. 커다란 창으로 바라다보이는 풍경이 분주하게 바뀌었다. 버스에 앉아 풍경만 넋 놓고 바라보았다.

페루는 이카 사막과 아마존 강, 안데스 고원도 있는 여러 얼굴을 지닌 나라다. 기후나 기온도 장소에 따라 완전히 다르다고 한다. 버스 여행은 오래 걸린다. 좌석을 한껏 젖히고 나눠준 담요를 덮었다. 커다란 창밖으로 구름 낀 커다란 하늘이 보였다.

버스의 흔들림에 자연스레 깜박깜박 졸다가 잠이 들었다. 창밖은 점점 건물이 없어지면서 사막 같은 풍경으로 바뀌고 있었다. 졸린 눈으로 꿈을 꾸는 기분으로 곁눈질을 하며 바깥 풍경을 보았다. 창밖의 색이 바뀌고 있는 것 같다.

흔들흔들, 버스는 나를 태우고 쿠스코로 떠났다. 그 사이 자다가 깨기를 여러 번 반복하며 현실과 꿈속을 왔다 갔다 했다.

잠이 온다. 기분 좋게 잠이 온다. 나른하게 눈꺼풀을 드니 옅은 갈색 사막에 저녁 해가 지고 있는 풍경이 보였다. 군데군데 집이나 건물도 보였다. 어쩐지 그림책에 나오는 풍경 같다. 곧 다시 깊은 잠에 빠져들었다. 그리고 꿈을 꾸었다. 아주 이상하고 인상적인 꿈이었다.

그곳은 언덕이었다. 넓게 펼쳐진 초록색 언덕에 갈색 피부를 가진 남자아이가 의자에 앉아 있었다. 곱슬머리에 귀여운 눈. 아이는 나에게 시를 가르쳐주었다. 얼마나 반복을 했는지, 선명하게 기억에 남았다.

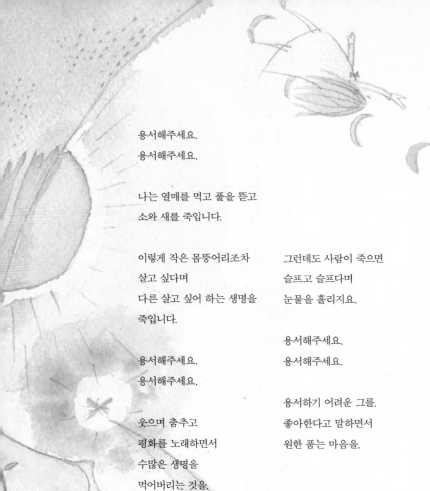

용서해주세요.
용서해주세요.

나는 열매를 먹고 풀을 뜯고
소와 새를 죽입니다.

이렇게 작은 몸뚱어리조차
살고 싶다며
다른 살고 싶어 하는 생명을
죽입니다.

용서해주세요.
용서해주세요.

웃으며 춤추고
평화를 노래하면서
수많은 생명을
먹어버리는 것을.

그런데도 사람이 죽으면
슬프고 슬프다며
눈물을 흘리지요.

용서해주세요.
용서해주세요.

용서하기 어려운 그를.
좋아한다고 말하면서
원한 품는 마음을.

용서해주세요.
용서해주세요.

엄마에 대한 모든 것을.
터무니없이 화냈던 일도
이렇게 사랑받는데도
더 사랑받고 싶은 마음을.

고맙습니다.
사랑합니다.
죄송합니다.
감사합니다.

용서해주세요.
용서해주세요.

부디 부디
용서해주세요.

이 보잘것없는
나를.
용서할 수 없는 나를
부디 나를
용서해주세요.

나에게 사랑을
삶을
가르쳐주세요.

덜커덩!

갑자기 버스가 심하게 흔들렸다. 흔들림 때문에 잠이 깼다. 전등이 꺼져 있어 차 안은 캄캄했다. 창에는 어느새 커튼이 쳐져 있었다. 다른 승객들이 자면서 내는 숨소리가 들렸다. 커튼 틈 사이로 슬쩍 밖을 보았다. 하늘에 별이 띄엄띄엄 빛나고 있었다. 창에는 내 얼굴만 비칠 뿐 밖은 보기 어려웠다. 아직 옅은 갈색의 사막 길이 이어지고 있는 것이 보였다.

꿈이었나?

비몽사몽간에 주머니에 넣어둔 휴대전화를 꺼냈다. 화면의 불빛을 응시하며 조금 전에 꿈에서 들은 시를 적었다. 아직 분명히 기억하고 있다. 마치 귓가에 대고 가르쳐주기라도 한 것처럼. 다 적고 난 다음 전화기를 그대로 주머니에 넣었다.

창문 사이로 바람이 살그머니 들어온다. 이상한 꿈이었다. 그런 꿈은 처음이다. 멍하니 생각하다가 다시 스르르 잠에 빠졌다. 덜컹덜컹 차체를 흔들며 버스는 아직 달린다. 버스는 멀고 먼 길을 이상한 꿈과 함께 나를 쿠스코까지 데려다주었다. 쿠스코부터 여행이 달라질 것 같은, 밑도 끝도 없는 예감이 들었다.

괜히 온 게 아닐까

"어서 와요! 용케 잘 찾아왔네요. 찾기 힘들었지요?"

"안녕하세요. 아침 일찍 죄송합니다. 마키 씨가 소개해주셔서

왔습니다."

나는 마키 아줌마가 소개해준 쿠스코의 일본인 민박을 찾아 갔다. 이 민박은 마키 아줌마가 스물다섯 살 때 묵었던 집이다. 이른 아침인데도, 여주인은 쾌활하게 방을 안내해 주었다. 쿠스코는 유럽 분위기가 나는 근사한 거리였다. 교회와 중앙로, 다채로운 상점들을 커다란 산이 둥글게 둘러싸고 있었다. 그 덕분에 관광지인데도 부드러운 바람이 불고 있었다.

"마호 씨는 얼마나 머무를 거예요?"

"음, 아마 일주일 정도요."

물론 확실한 계획은 없다. 하지만 막연하나마 주인에게 날짜를 말했다. 주인도 원래는 여행자였다고 한다. 주변의 정보는 알려줄 것이다. 투숙객은 나 혼자였다. 주인은 침대가 두 개 놓인 나무로 만든 예쁜 방으로 안내해주었다. 짐을 놓고 바로 중앙로로 나갔다. 처음으로, 혼자서 움직인다.

드디어 혼자 떠나는 여행이 시작되었다! 설레는 마음이 가득했다. 어떤 멋진 만남이 기다리고 있을까?

분명 이런 기대로 가득했는데……

"나호, 잘 모르겠어. 왜 여기에 있는지, 무엇 때문에 여행을 떠난 건지, 잘 모르겠어. 잘 모르겠어."

쿠스코에 도착한 지 이틀째, 나는 울상을 지으면서 스타벅스에 앉아 있었다. 그곳은 가난한 배낭 여행자들이 '철칙'처럼 여기는 '피해야 할 장소'다. 스타벅스에서 와이파이를 찾아서 일본에 있는 나호에게 반쯤 울면서 전화를 했다. 페루의 물가는 일본의 3분의 1 정도지만, '절대 가격을 내리지 않는' 스타벅스의 경영 방침에 따라 캐러멜 프라푸치노의 가격은 일본과 같았다.

"여행지에서 스타벅스에 가는 사람은 여행에 실패한 사람이야."

출발 전에 다른 여행자한테 들었던 말을 떠올렸다.

아, 내가 지금 그러고 있네.

정말 한심하고 실패한 배낭 여행자.

쿠스코에 도착한 후 드디어 본격적인 혼자 여행이 시작되었다. 처음에는 그래도 재미있었다. 숙소에서 혼자 걸어 나와 중앙로에서 페루 음식을 먹거나 페루 기념품을 구경하기도 했다. 보이는 것이 모두 새롭고 신선했다. 그런데 사흘째 아침 눈을 떴을 때 마음속에서 커다란 의문이 솟아났다.

내가 무엇을 위해 여행을 떠났더라? 그리고 그 의문의 파도는 나를 거대하게 빨아들였다. 페루에 가겠다고 결정한 후부터 무슨 사인처럼, 반드시 필요한 만남이 이루어졌다. 그것은 가야만 하는 곳에 반드시 나를 데려다줄 '표지'였다. 하지만 지금은 아무리 쿠스코 거리를 걸어도 나에게 인상적인 사람은 한 사람도 만나지 못했다.

무엇보다 일본인은 한 사람도 만나지 못했다. '표지' 같은 건 전혀 보이지 않았다. 물론 낯선 거리를 걷는 것만으로도 자극이 되기는 했으나 '충실감'과 '설렘'은 전혀 없었다. 여행이니 '관광'이라도 해야 하는 걸까. 그런 생각으로 여행사에 가보기도 했지만, 마음이 전혀 움직이지 않았다. 마치 출발점으로 되돌아간 기분이었다. 어떻게 하면 좋을지 몰랐다.

생각해보면 수수께끼 같은 직감과 책의 주인공과 생일이 같다는 것만으로 페루에 온 것이다. 처음부터 내 여행의 목적은 없었다. 무조건 가기만 하면 뭔가 발견할 수 있으리라는 기대만 있었다. 여기까지 생각하니 갑자기 무서워졌다. 배가 고파 찾아 들어간 레스토랑에서도 전혀 알 수 없는 스페인어 메뉴, 누가 말을 걸어와도 뜻이 통하지 않으니 소통을 할 수 없었다. 길을 물을 수도 없고 택시도 탈 수 없다. 불안하고 고립된 느낌으로 거리를 걸으니 좋은 일도 생기지 않았다.

오히려 나쁜 일만 생겼다. 히피가 다가와 돈을 달라고 조르거나, 거지 아저씨가 집요하게 따라왔다. 그래서 도망치듯 들어간 곳이 로고 마크가 익숙한 '스타벅스'였다. 거기서 나호에게 전화를 걸어 한숨을 푹푹 쉬어가며 우는 소리를 하곤 전화를 끊었다. 캐러멜 프라푸치노를 들고 눈물을 글썽거리며 멍하니 한곳을 응시하고 있었다. 괜히 여행을 온 게 아닌가 하는 후회마저 들었다.

"마호? 올라!"

"응?" 누군가가 스페인식 인사를 했다.

갑자기 내 이름을 부르는 소리에 고개를 들었다. 거기에는 남녀 커플이 서 있었다. 머리카락이 돌돌 말려 〈고아 애니〉의 주인공처럼 생긴 브라질 여성과 누가 봐도 여행자 같은 이탈리아 남자였다.

케이시와 아키라. 이름이 생각났다. 어제도 이 스타벅스에서 만났다. 두 사람은 작은 쿠키를 반으로 나누고 있었다. 돈을 절약하기 위해서일 것이다. 와이파이를 사용하기 위해 들어온 것 같았다. 힐끗거리며 나를 보던 아키라가 말했다.

"마호는 항상 여기에 있구나."

아키라와 케이시는 서로 마주보며 히죽거렸다. 말은 잘 알아듣지 못했지만 행동, 분위기, 표정, 느낌, 모든 것에서 나를 한심한 여행자로 본다는 게 느껴졌다. 머리로 피가 쏠리는 것 같았다. 부끄러움, 한심함, 분노. 이 모든 것이 한꺼번에 밀려왔다. 그런 다음 두 사람은 나에게 스페인어와 영어를 섞어 말하며 뭔가 조언을 하기 시작했다. 스페인어를 더 공부하라는 둥, 밖에 나가서 바에 가보라는 둥, 그룹 투어에 참가해보라는 둥.

말이 빨라 바로바로 이해할 수는 없었지만, 단어와 단어를 연결하면 이런 얘기라는 것을 알 수 있었다. 그들의 조언은 다 맞는 말이었지만, 화가 나서 머릿속에 들어오지 않았다. 그런 충고 필요 없으니, 신경 꺼줬으면 좋겠다는 마음뿐이었다. 하지만 외국어를 못한다는 부끄러움 때문에 분하면서도 헤헤거리며 웃어 보였다. 적절한 대꾸도 할 수 없었다.

어쨌든 이 상황이 얼른 지나가기를 바랐다. 두 사람이 빨리 눈앞에서 사라져주기를 기다렸다. 잠시 후 할 말을 다 해 속이 시원해졌는지, 두 사람은 쿠키를 다 먹고 잽싸게 볼일을 보더니 카페를 나갔다. 노닥거리는 커플의 뒷모습이 문 밖으로 사라졌다.

순간, 그동안 참았던 분노와 뭐라 표현할 수 없는 억울한 감정이 소용돌이치며 올라왔다. 정말 오랜만에 느껴보는 감정이었다. 케이시와 아키라가 너무 미웠고 그들한테 화가 났다. 하지만 알고 있었다. 사실은 나한테 화가 났다는 것을.

분하고 억울해도 어쩔 수 없었다. 말을 할 수도 없었고, 무서워서 움직이지도 못했다. 무엇을 하면 좋을지 알지도 못했다. 이런 상태, 나의 한심함이 모두 싫었다.

그래서 그 자리에서 노트를 펼치고 휴대전화의 스페인어 애플리케이션에 있는 단어를 모두 노트에 옮겨 적었다. 주문할 때 자주 사용하는 말, 인사말, 나이와 이름을 묻는 법, 길을 묻는 법, 그런 것들을 옮겨 적고 몇 번씩이나 써보았다. 지금 당장 사용할 수 있는 말들이다. 이 자리에서 모두 외우기에는 너무 많지만, 무조건 머릿속에 집어넣었다. 쓰고, 쓰고, 또 썼다. 이만하면 됐다 싶을 때까지 단어를 쓰고 난 다음에는 내가 무슨 일에 설레는지, 어떤 것에 흥미를 느끼는지를 적어보았다.

외국어도 모르고 나에 대해서도 모른다. 도대체 뭐란 말인가.

썼다기보다 써재꼈다. 설레고 흥미로운 것만 쓴 게 아니다. 마음속에 있는 것을 모두 썼다. 불안과 걱정까지도. 노트에 글씨가 가득 찼다.

속상해서 눈물이 뚝뚝 떨어졌다. 그래도 아직 화가 풀리지 않았다. 겨우 진정이 되었을 때는 해가 지고 어두워지기 시작할 무렵이었다. 너무 많이 울고 났을 때처럼 눈과 머리가 뻑뻑하고 무거웠다.

왜 이 여행을 하는 걸까?

노트와 펜을 가방에 던져 넣고 숙소까지 걸어서 돌아갔다. 해가 저문 거리를 묵묵히 걸었다. 숙소에 도착하니 주인이 저녁밥을 해놓고 기다리고 있었다.

"오늘은 늦었네! 마호 씨, 앞으로 얼마나 더 있을 거야?"

지금 상태로는 아무것도 계획할 수가 없다. 무심결에 앞으로 사흘이라고 말했다. 아직도 속상한 기분에서 벗어나지 못했다.

무엇 때문에 여행을 떠나온 걸까?

아직 대답을 찾지 못했다. 텔레비전에서는 일본 방송이 흘러나오고 있었다. 밥을 입에 넣으며 멍하니 텔레비전을 보았다. 〈호빵맨 특집〉 프로그램이었다. 아무 생각 없이 그저 텔레비전 화면과 소리가 제멋대로 흐르게 두었다.

텔레비전에서는 어릴 때부터 들었던 '호빵맨 행진곡'이 흘러나왔다. 반가웠다. 귀에 익은 저 리듬. 나도 모르게 흥얼거리게 되었다. 노래가 끝나자 광고가 나왔다. 단순한 리듬의 중독성이 있는 광고음악이 잇달아 흘러나왔다.

그때 나에게 커다란 변화가 일어났다. 마음이 크게 흔들리고 있었다.

이거다!

머리가 저릿했다. 그대로 서둘러 식사를 정리하고 내 방으로 갔다. 침대에 올라가 노트와 펜을 꺼냈다. 휴대전화로 호빵맨 행진곡을 검색했다. 조금 전 텔레비전에서 흘러나오던 노래의 가사다. 그리고 가사 일부를 노트의 겉표지에 주저 없이 써나갔다.

무엇을 위해 태어나 무엇을 하며 사는 걸까?
대답할 수 없다는 거, 그런 건 싫어!

무엇이 너의 행복이고 무엇을 하며 기뻐할지
알지도 못하고 끝나는 거, 그런 건 싫어!

마음 깊숙한 곳에서 무언가 격렬한 진동이 왔다. 두근거림의 소용돌이가 가슴 깊은 곳에서부터 올라왔다. 페루에 간다고 결정한 때부터 모든 것은 움직이고 있었다. 그리고 '표지'가 나를 이곳까지 데려와주었다.

왜 여행을 떠나온 걸까?

쿠스코에 와서도 그 답을 계속 찾고 있었다. 내가 찾지 않으면 안 된다. 내가 찾지 않으면 인생은 움직이지 않는다. 간절하게 소망하면 반드시 '표지'가 보이고 소망이 실현되도록 도와준다.

간 절 히   소 망 하 는   것

노트에 적은 문장을 바라보았다. "나는 '무엇을 위해 태어나 무엇을 하며 사는 걸까?' 여행이 끝날 때는 알게 되길 바란다. 그것을 찾기 위해 여행을 하는 것이다!" 여행을 떠나기 훨씬 전부터 마음속 깊은 곳에 있던 심정을 적어놓은 것이다.

노트의 문장 옆에 해와 달 마크를 그려 넣었다. 페루를 비롯한 잉카 제국에서 자주 사용한 마크이다. '인티'와 '루나'였다. 노트를 덮어도 표지에 적혀 있는 이 문장과 인티와 루나는 나를 똑바로 바라보고 있다. 침대에 누웠다. 불안감과 고립감의 파도는 이제 지나갔다. 그 대신 마음 한가운데에서 아침을 기다리는 마음이 격렬하게 솟아나고 있었다.

내일은 마추픽추에 가는 준비를 해야지.

마음속에서 저절로 이 말이 떠올랐다. 그리고 다음 날부터 내여행은 달라졌다.

마추픽추,
이제 신기한 일이
생길 거야

"오늘은 마추픽추로 가는 티켓을 사러 갔다 올게요!"

숙소 주인한테 명랑하게 선언했다. 오늘은 흔치 않게 아침 일찍 잠을 깼다. 점심이 되기 전에 밖으로 나갈 준비를 마쳤다. 마추픽추는 입장권을 사지 않으면 갈 수 없다. 그리고 쿠스코에서 마추픽추까지 가는 전차의 티켓도 사야 한다. 지금까지는 말이 통하지 않을까 봐 티켓을 사러 갈 엄두도 못 냈다. 하지만 이젠 그런 걸로 두려워할 때가 아니다.

여행은 스스로 움직이지 않으면 시작되지 않는다. 인터넷에서 티켓을 살 수 있는 장소와 필요한 스페인어를 찾아 노트에 메모하고 노트를 가방에 넣었다.

"정말 혼자서 괜찮겠어? 이거 쿠스코 지도야. 가야 하는 곳에 동그라미를 쳐놨어. 그리고 여권은 챙겼지? 돈도 꽤 들 거야. 조심해서 다녀와!"

걱정스럽다는 표정으로 숙소 주인은 지도를 건네주었다. 마추픽추 입장권과 마추픽추행 전차 티켓을 살 수 있는 곳에는 동그라미로 표시해두었다.

"네, 감사합니다. 괜찮아요! 다녀오겠습니다!"

그리고 쿠스코 중앙로로 가기 위해 숙소를 나오려고 할 때였다. 가방 안 휴대전화의 진동이 울렸다. 진동과 함께 전화가 왔다는 램프가 반짝였다. 나호의 전화였다.

뭐야? 기세 좋게 나가려고 하던 순간이었는데.

순간 무시하고 그냥 나갈까 조금 망설였지만 어쩐지 받아야 할 것 같았다. 일본에서 전화가 걸려오는 일은 별로 없다. 항상 내가 걸거나, 걸었다가 끊은 다음 걸려오기를 기다리는 게 보통이었다.

"여보세요? 나호?"

"응, 나야. 마침 받았네. 어때? 이젠 안 힘들어?"

"응! 이젠 괜찮아! 미안해. 그리고 고마워. 어쩐 일이야? 무슨 일 있어?"

"음, 말한다는 걸 깜박했는데, 아무래도 마음이 쓰여서. 얼마 전에 이상한 꿈을 꾸었어."

"응? 꿈?"

문득 쿠스코로 가는 버스 안에서 꾼 꿈이 선명하게 떠올랐다. 그러고 보니 나도 이상한 꿈을 꾸었다. 그렇게 생각하는 것과 동시에 입에서 말이 튀어나왔다.

"혹시, 용서해주세요. 용서해주세요?"

"맞아! 바로 그거야! 곱슬머리의 갈색 피부를 가진 남자애! 어? 어떻게 알지? 그거 원래 있던 시였어?"

나호는 깜짝 놀랐다. 나도 머리가 멍했다.

"자, 잠깐, 기다려! 시를 메모해뒀어."

그러고는 서둘러 휴대전화의 메모장을 열어, 그때 꿈에서 들은 시를 읽어주었다.

"맞아, 바로 그거야! 그 시야! 언덕이었지? 넓은 언덕에서 그 시를 가르쳐주었어."

나호는 내가 얘기하기도 전에 자기가 꾼 꿈 얘기를 했다. 너무나 똑같았다.

"그럼 같은 꿈을 꾸었다는 거네?"

나호의 얘기를 더 들어보니 꿈을 꾼 날과 시간도 같았다. 마치 어릴 적 같다. 어릴 적에는 같은 꿈을 꾸거나 가위바위보를 할 때 계속 같은 것을 내는 게 당연한 일처럼 잦았다. 페루와 일본의 전화기 너머로 신기하고 반가운 기운이 흐르고 있었다.

"정말 신기하다. 최근에는 이런 일이 없었잖아."

"그러게 말이야. 아직도 믿지 못하겠어. 굉장히 인상적인 꿈이었어. 그런데 어쩐지 이 꿈을 꾼 후에는 쿠스코에서의 여행이 달라질 것 같은 기분이 들었어."

쿠스코행 버스에서 보았던 사막에 내려앉은 저녁 해와 별을 떠올렸다. 그림책 속의 풍경 같았다. 그리고 꿈이 가르쳐준 불가사의한 시. 나호도 같은 꿈을 꾸다니, 어린 시절로 돌아간 것 같았다.

"마호, 오늘은 뭐해?" 나호가 물었다.

"응, 드디어 마추픽추행 티켓을 사러 가려고!"

나는 의기양양하게 대답했다. 지금까지는 나호한테 우는 소리밖에 하지 못했다. 그래서 오늘은 드디어 여행다운 여행을 하게 되었다는 것을 자랑하고 싶었다. 그런데 나호는 뜻밖의 말을 했다. 내 여행의 방향을 완전히 바꾸는 말이었다.

"기다려! 마추픽추는 혼자서 가지 마!"

"응?"

마추픽추에 혼자서 가지 말라니?

"마추픽추는 혼자서 가지 마. 반드시 더 좋은 때가 올 거야. 그때를 기다려. 마추픽추부터 마호의 여행이 달라질 거야."

쿵! 가슴에 무언가가 내려앉는 것 같다. 머리는 혼란스럽고 몸에는 소름이 돋았다. 언젠가 친구가 장난처럼 이런 말을 한 적이 있다.

"소름은 거짓말하지 않아."

갑자기 그 말이 생각났다.

"응? 뭐, 뭐라고?"

"그런 느낌이 들어. 어쨌든 혼자서는 가지 마! 머지않아 분명 때가 올 거야."

나호는 그 말을 하더니 혼란스러워하는 나를 두고 전화를 끊어버렸다. 남은 나는 전화기를 든 채 사고 정지 상태에 빠지고 말았다.

혼자서는 가지 말라고? 더 좋은 때가 온다고?

나호가 한 말만 되풀이했다. 머리로는 말도 안 된다고 생각하면서도 마음 어딘가에는 '그럴지도 모른다'고 납득하는 내가 있었다. 머리와 마음이 뒤죽박죽이 되어 혼란스럽고 묘한 느낌이었다. 가방 속은 마추픽추행 티켓을 살 준비가 완벽하게 되어 있다. 티켓을 살 때 필요한 스페인어를 적은 노트도 들어 있다. 여행은 움직이지 않으면 시작되지 않는다.

혼란스러운 채로 숙소의 문을 열었다. 어쨌든 움직여보자. 그리고 나호의 이상한 예언에서 비롯된 새로운 여행 첫날의 막이 열렸다.

다시
표지가
나타나다

운 명 이   마 련 해 준   마 추 픽 추 행   티 켓

쿠스코 거리는 쾌청했다. 넓고 푸른 하늘과 도시를 빙 두르고 있는 산이 멋있었다. 나는 지도를 보면서 어쨌든 마추픽추행 전차 티켓 파는 곳을 향해 가기로 했다. 쿠스코 거리는 석조 건물 사이로 좁은 골목길이 길게 이어져 있다. 길 양쪽에는 기념품 가게나 음식점이 빽빽하게 늘어 서 있다.

"야스이요(싸요)! 도모다치(친구)! 니폰(일본)!"

호객꾼의 이상한 일본어를 뚫고 좁은 골목길을 지나간다. 티켓 판매소까지는 아직 많이 걸어야 한다. 방향치인 나는 몇 번이나 지도를 확인하고 얼른 가방에 넣었다. 지도를 들고 걸어가면 초보 여행자인 게 들통 나서 표적이 된다는 얘기를 들은 적이 있기 때문이다. 좁은 골목길도 끝나고 마침내 넓은 길로 나오자, 현지인과 관광객들로 붐비고 있었다.

그때 어떤 남자와 지나쳤다. 너덜너덜하고 색 바랜 파란 비옷에 차양이 달린 니트 모자. 누가 봐도 '여행자' 옷차림이다. 어라? 혹시 일본인?

흘낏 보았던 옆모습은 모자를 깊게 눌러 쓰고 있는 데다 유난히 검게 탄 피부여서 국적을 가늠하기 어려웠다. 그대로 지나치고 만다. 그런데 뒤에서 때늦은 인사말이 들려왔다.

"안녕하세요."

깜짝 놀라 뒤를 돌아보았다. 그의 뒷모습은 이미 한 블록이나 멀어져 가고 있다.

일본어! 일본인이다!

쿠스코 시내에서 처음 만난 일본인이다. 생각할 겨를도 없었다. 나는 그를 쫓아 달려가고 있었다.

"저, 혹시 일본인인가요?"

그에게 달려가 등에 대고 물었다.

"아앗! 깜짝이야!"

그는 굉장히 놀랐는지 큰소리를 내며 뒤를 돌아보았다.

"죄, 죄송해요. '안녕하세요.'라는 일본어가 들려서 일본인이라고 생각했어요. 여기서 처음으로 일본인을 만났거든요!"

"아, 그래요? 깜짝 놀랐네. 저도 방금 여기 도착했어요."

그는 약간 퉁명스럽게 대답했다. 제대로 얼굴을 보니, 그제야 일본인이라는 것을 알았다. 키가 무척 커서 올려다보며 얘기를 해야 했다. 검게 탄 얼굴에 큰 눈. 깊게 눌러 쓴 모자 안으로 오똑한 콧날과 잘생긴 얼굴이 드러났다.

나는 오랜만에 만난 일본인이라는 데에 흥분해서 그의 무뚝뚝한 태도가 전혀 마음에 걸리지 않을 정도였다. 아무라도 좋았다고 하면 미안한 말이지만, 일본인과 이야기를 하고 싶은 마음이 간절했다.

"저, 얼마나 여행을 하고 계신 건가요?"

어쨌든 대화를 이어나가고 싶었다.

"아, 오늘로 딱 1년이네요. 계속 남아메리카만 여행하고 있어요. 그쪽은요? 최근에 왔죠? 옷이 새 옷이네요."

그러더니 내가 입고 있는 외투와 신발을 힐끗 쳐다보았다. 아직 옷이 깨끗하다는 게 어쩐지 부끄럽게 느껴졌다. 그가 입은 옷은 무척 많은 계절을 겪은 듯 보였다. 많이 낡았다. 진지한 여행자의 풍모가 느껴졌다.

"1년이나 남아메리카에! 대단하네요! 그런데 쿠스코에는 왜 오신 거예요?"

빤하지만 궁금한 질문이었다.

어쩌면 이건 '표지'일지도 몰라. 그의 입에서 뜻밖의 말이 나왔다.

"사실은 유적 같은 데는 별로 안 가는데, 왠지 마추픽추만은 가고 싶어서. 혹시 마추픽추까지 가는 정보를 알고 있나요? 나는 휴대전화도 없고 컴퓨터도 없어서, 어떻게 가는지 몰라요."

순간, 내가 방금 전에 마추픽추행 티켓 판매소로 가던 길이었다는 것이 생각났다.

"마추픽추에는 혼자서 가지 마."

오늘 아침에 나호가 했던 말도 떠올랐다.

"분명 때가 올 거야. 그때를 기다려!"

혹시? 지금이 바로 그……?

하지만 '그때'라는 게 이렇게 빨리 오는 거야? 지금은 숙소를 나온 지 1시간 정도밖에 지나지 않은 시간이었다. 내 가방에는 마추픽추 관련 정보가 들어 있다. 그는 오늘이 여행 1년째라고 말했다.

겹치는 우연이라니. 오랜만에 '표지'를 만난 것 같다. 심장 박동이 빨라진다.

"아, 예! 가는 방법 알고 있어요. 마침 저도 티켓 판매소로 가는 길이어서."

"네에? 정말이에요? 우와! 완전 행운이네! 그럼 저도 같이 티켓을 사러 가도 될까요?"

나는 자꾸 가슴이 두근거렸다. 나호의 예언이 맞은 건지 어쩐지는 잘 모르겠다. 하지만 이 재미있는 흐름에 아무 생각 없이 행동을 맡기고 싶었다. 거부할 수 없는 파도가 나한테 밀려오는 듯한, 그런 느낌이 들었다.

"저어, 괜찮다면, 같이 마추픽추에 가실래요?"

평소 같으면 수줍어서 하지 못했을 그 말을 나는 망설임 없이 하고 말았다. 내 말을 들은 그는 제대로 검게 탄 얼굴로 싱긋 웃어 보였다. 웃는 모습이 무척 귀여웠다.

"마추픽추 여행부터 마호의 여행은 달라질 거야!"

나호의 수수께끼 같은 예언이 들리는 듯했다. 이렇게 해서 나는 방금 전에 만난 남자와 함께 여행을 하게 되었다. 불과 몇 시간 전만 해도 상상하지 못했던 일이다.

"내 이름은 루카. 잘 부탁해요."

"아, 내 이름은 마호예요. 저야말로 잘 부탁해요."

그가 내민 오른손을 힘주어 잡았다. 검게 탄 그의 손등과 아직 하얀 내 손. 우리는 힘 있게 악수했다. 그가 눈을 작게 찌그러트리며 웃었다. 처음으로 여행 친구가 생겼다.

그의 이름은 루카. 도쿄 태생이라고 했다. 나보다 나이는 조금 많았다. 오랫동안 다녔던 회사를 그만두고 그동안 모은 돈으로 세계 일주를 한다고 했다. 예상 기간은 5년 정도이며, 오늘은 꼭 1년째 되는 날이라고.

그는 꽤 재미있게 여행을 하고 있었다. 마음에 드는 곳에서 살아보기도 하고, 현지의 히피들과 자급자족 생활도 하고, 게스트하우스에서 일하기도 하면서. 멕시코에서 시작해 천천히 남쪽으로 내려왔다고 한다. 이목구비가 뚜렷한 얼굴은 검게 그을었고 키가 매우 커서 자세히 보지 않으면 일본인으로는 보이지 않았다.

이 사람이 나의 첫 번째, 약간은 무뚝뚝한 여행 파트너였다.

그렇게 해서 우리는 그 길로 마추픽추 입장권과 마추픽추행 전차 티켓을 사러 갔다. 그토록 걱정하며 준비했던 의사소통은 1년 동안의 남미 여행으로 스페인어가 유창해진 루카가 도맡았다. 스페인어가 잘 안 통할 때는 영어로 말했다. 미국에서 유학을 했다는 루카는 영어도 유창했다. 더할 나위 없는 파트너를 얻은 기분이었다.

모든 티켓을 사고 나니 쿠스코 거리는 이미 어두워져 있었다. 땅거미가 내려앉은 쿠스코 거리는 햇빛이 비치는 곳에서 전깃불이 밝히는 곳으로 바뀌고 있었다. 번화한 중앙로까지 이야기를 나누면서 걸었다. 저녁의 쿠스코는 겉옷을 하나 더 걸치지 않으면 꽤 추웠다. 어깨를 움츠리며 둘이서 걸었다.

"정말이야? 그러니까 마호는 여기 페루 사람이 그려준 지도 한 장만 가지고 여행하고 있다고? 다른 지도는 없어? 게다가 페루도 책 주인공 때문에 왔다고?"

"아, 응."

루카는 한심하다는 건지 감동했다는 건지, 놀란 표정으로 몇 번이나 질문을 했다. 료니 씨가 일필휘지로 그려준 지도를 신기하다는 듯이 쳐다보았다. 나는 최근 1년 사이에 일어난 일과 '소울 컬러'를 했던 일, 여행을 떠나게 된 까닭 등을 말해주었다. 처음 만난 여행 파트너였다. 모든 것을 얘기해야 할 것 같았다.

"하하, 나도 꽤나 이상한 놈이지만, 마호도 다른 의미로 아주 위험한 사람이야."

도대체 뭐가 '다른 의미'이고, 뭐가 '위험'하다는 걸까? 이해할 수 없었지만, 루카는 웃고 있었다. 그리고 이번에는 내가 루카에게 질문했다. 묻고 싶은 이야기가 산처럼 많았다.

"그럼, 루카는 왜 여행을 해야겠다고 생각했어?"

키가 큰 루카를 올려다보며 말했다.

"어, 음. 진정한 자유를 알고 싶어서였다고나 할까? '남미' 하면 자유라는 느낌이 있잖아. 일본은 너무 따분하고. 남미의 분위기가 나는 정말 좋아."

"음, 그런가?"

루카를 보고 있으면 정말로 자유롭게 여행하는 것을 좋아하는 사람임을 알 수 있다. 루카는 여행하며 배운 스페인어로 길거리의 아주머니나 히피와도 스스럼없이 이야기를 했다. 그럴 때 루카의 표정은 더없이 밝다. 페루의 분위기와 루카의 기질이 아주 잘 맞는 것 같았다.

"그럼 왜 페루야? 왜 쿠스코에 온 거야?"

나는 다시 질문했다.

"음, 그건, 마추픽추가 있기 때문에?"

"뭐? 하지만 유적에는 흥미가 없다고 하지 않았나?"

루카는 자신의 지난 여행에 관해서는 잘 얘기하면서, 페루에 온 까닭은 어쩐지 말하고 싶어 하지 않는 눈치였다. 그리고 페루는 자연스럽게 온 게 아니라 무언가를 찾으러 온 것 같았다. 무슨 분명한 목적이 있을 것 같은 느낌이 들었다. 그저 내 추측일 뿐이지만.

"뭐 아무려면 어때? 마호, 잊지 마. 내일이야. 여기에서 만나는 거야. 오케이?"

결국 내 질문은 얼버무려버렸다. 그리고 우리는 중앙로에 도착했다. 중앙로의 분수대 벤치 앞을 손가락으로 가리키며 루카가 말했다. 내일은 쿠스코를 나와 마추픽추로 출발한다. 그리고 루카는 거칠게 운전하는 차를 요령 있게 피하며 길을 건너더니 주저 없이 자기 숙소를 향해 떠났다. 다리가 길고 걸음이 빠른 루카는 금세 좁은 언덕길로 올라가고 있었다.

"루카! 바이바이. 내일 만나!"

나는 서둘러 인사를 했다. 루카는 뒤도 돌아보지 않은 채 적당히 손을 흔들어 보였다. 바이바이를 하는 거겠지. 무뚝뚝하고 어딘지 수상한 파트너가 생겼다. 루카의 뒷모습이 언덕길에서 사라질 때까지 지켜보았다.

쿠스코 거리가 지금까지와는 다르게 보였다. 바로 어제만 해도 나에게 쿠스코는 불안하고 외롭고 고독한 거리였다. 하지만 지금은 새로운 모험을 준비하는, 두근거리는 장소가 되었다. 내 기분에 응답이라도 하는 듯, 쿠스코 거리는 반짝반짝 빛나고 있었다. 나는 료니 씨가 그려준 지도를 다시 한 번 펴보았다. 그러고는 다시 노트 사이에 소중하게 끼워놓았다. 노트의 표지에 써놓은 가사가 눈에 들어온다.

무엇을 위해 태어나 무엇을 하며 사는 걸까?
대답할 수 없다는 거, 그런 건 싫어!

이것이 내 인생의 목적일까? 나 아닌 누군가가 아주 오래 전에 써 놓은 것 같은 기분이 들었다. 노트와 지도를 가지런히 가방 안에 넣고 나는 숙소로 걸어갔다. 하늘에는 오리온좌가 어렴풋하게 나타났다. 내일은 드디어 마추픽추로 출발한다.

마 추 픽 추　　마 을

"마추픽추에 다녀온 다음에는 신기한 일이 일어난다는, 여행자들끼리 하는 말이 있던데, 알고 있어?"
"그래?"
전차는 계곡 사이를 덜컹덜컹 소리를 내며 달린다. 마추픽추로 가는 전용 전차였다. 전차는 계속 흔들렸고 흔들릴 때마다 소리가 나서 루카의 말이 잘 들리지 않았다.

"그런 말이 있어. 다 그런 건 아니고 일부 여행자들만 그렇게 생각하지."

그렇게 말하고는 창 쪽으로 고개를 돌렸다. 탈것을 좋아하는 루카는 계속 창밖만 보고 있다. 산과 산 사이를 달리는 전차의 차창으로 깎아지른 바위와 거대한 초록 숲의 장대한 풍경이 펼쳐졌다.

마 추 픽 추 에   다 녀 오 면   신 기 한   일 이   일 어 난 다 ?

나호가 한 말과 비슷한 것 같았다. 그러고 보니 마추픽추부터 여행이 달라질 거라고도 했다. 루카를 만난 다음에 까맣게 잊고 있었다. 차만 타면 멀미를 하는 나는 좀 힘들다. 전차의 흔들림과 졸음에 몸을 맡기고는 의자에 기대 반쯤 졸고 있었다.

얼마나 지났을까. 어깨를 두드리는 기척에 눈을 떴다. 루카는 이미 옆에 없다. 일어나서 짐을 꺼내고 있는 뒷모습이 보였다. 바깥의 풍경은 완전히 정지된 채 산간의 초록 숲에서 역으로 바뀌어 있었다. 마추픽추 마을에 도착한 모양이다. 나도 서둘러 짐을 꺼내 루카의 뒤를 따라 전차에서 내렸다.

전차에서 내리니 매우 관광지다운 풍경이 기다리고 있었다. 호화로운 호텔, 번화한 기념품 가게 그리고 마추픽추가 목적지인 다양한 국적의 관광객들. 우기인데도 사람이 아주 많다.

"일단 호텔을 찾아보자."

루카가 앞장서서 오르막길을 걷기 시작했다. 우리는 현지에서 호텔을 찾기로 했다. 경사가 가파른 언덕길을 배낭을 메고 터벅터벅 올라갔다. 급경사의 좁은 언덕길 주변을 근사한 레스토랑이 으스대며 줄지어 있다. 마추픽추 마을은 물가도 비쌌다. 호객꾼도 관광객이 익숙해 보였다. 관광지에 오니 역시 마을 전체가 화려하다. 기대와 흥분에 들뜬 사람들의 에너지가 마을을 꾸미고 있었다. 계속 언덕을 올라가니 호텔을 찾는 사람들도 하나둘 사라지고 몇 명밖에 남지 않았다. 모두 가파른 언덕이 싫어서 언덕 아래쪽에 있는 호텔로 들어간 모양이다.

"어, 저기 괜찮지 않아?"

호텔을 고르는 감은 내가 좋다. 언덕길 끝에 있는 레스토랑 옆에 숨어 있는 듯한 숙소였다. 루카는 잠만 잘 수 있다면 어디든 괜찮다고 했다.

"들어오세요! 들어오세요!"

상냥한 페루인 스태프에게 안내받아 호텔 안으로 들어갔다. 먼저 구경을 한 다음에 정해도 된다. 안으로 들어가니 낡은 외관과 달리 의외로 아기자기하고 예뻤다. 층계참에는 소파와 책상이 놓여 있었다. 예쁜 테이블보도 펼쳐져 있다. 편히 쉴 수 있을 것 같다.

우리 방은 복도 안쪽이다. 연두색 커버를 씌운 침대가 두 개 놓여 있었다. 화장실과 샤워실도 있다. 온수도 나온다. 이만하면 훌륭한 숙소다. 숙소에 별로 기대를 하지 않았던 나는 기뻤다.

"여기 좋은데? 이곳으로 하자!"

이렇게 오늘밤 잘 곳을 정했다. 어쩐지 멋진 만남이 있을 것 같은 예감이 들었다. 그리고 우연한 이끌림에 들어온 이 숙소에서 뜻밖의 일이 기다리고 있었다.

나무 그림, 성스러운 진실, 삼각형

눈을 뜨니 옆 침대에서 자던 루카는 자리에 없었다. 장거리 이동이 힘들어 깊이 잠든 탓에 눈치채지 못했다. 루카가 맥주를 사오겠다며 나갔던가. 잠을 깨면서 기억을 더듬어본다.

저녁이 되니 조금 쌀쌀해졌다. 외투를 걸치고 방을 나갔다. 방을 나오니 복도에서 즐겁게 이야기하는 소리가 들려왔다. 공용 소파가 있는 곳인 것 같다. 영어로 말하는 루카의 목소리가 들려왔다. 외국인 여행자들과 분위기가 돈독해진 것 같다.

"올라!"

소파에 기대앉아 있는 사람들에게 스페인식 인사를 했다.

"어, 마호, 일어났구나!"

루카는 맥주가 담긴 컵을 들고 있다. 꽤나 기분이 좋아 보인다. 그곳에는 적당히 긴 머리에 귀엽게 생긴 아시아인 여자와 체격이 좋은 서양인 남자가 함께 앉아 있다.

"필리핀에서 온 아이린이고, 호주에서 온 마이크야."

루카가 소개해주었다. 그러고는 두 사람에게 나와 함께 잠깐 여행을 하고 있다고 설명했다.

"여기 두 사람도 혼자 여행 왔다가 버스에서 만났대."

"아, 그렇구나. 우리랑 같네. 무초 구스토!"

처음 만난 사람에게 하는 스페인어 인사말이다. 영어도 스페인어도 거의 못 하지만 인사말 정도는 익혀두었다. 아이린도, 마이크도 악수와 허그로 웃으며 응답해주었다. 두 사람 다 인상이 아주 좋다. 금방 친해질 것 같았다.

자기소개가 끝나자 다시 세 사람의 대화가 시작되었다. 빠른 영어 대화가 오고 갔다. 얘기를 들어보니 아이린은 봉사활동을 하러 왔다고 한다. 더 오래 이곳에 머무를 예정인 것 같았다. 영어로 하는 말이 빨라 바로바로 알아듣지는 못했지만, 단어를 연결해 겨우겨우 뜻을 이해했다. 마이크의 영어는 유감스럽게도 무슨 말을 하는지 알아듣기가 힘들었다.

루카가 가끔씩 통역을 해주었지만, 점점 세 사람의 대화가 끊이지 않고 이어져 나한테 통역을 해줄 겨를이 없어졌다. 나도 집중력이 한계에 이르렀다. 더는 영어가 들리지 않았다. 대화보다는 이 분위기를 즐기기로 했다.

이럴 때 영어로 이야기할 수 있다면 얼마나 좋을까? 외국어를 잘하는 루카가 부러웠다. 세 사람이 신나게 얘기하는 모습을 보니 아마도 오늘밤이 길어질 것 같다. 일단 휴식! 맥주가 떨어졌다는 핑계로 술을 사오겠다고 했다.

"럼을 사와. 맥주가 떨어지면 럼을 마시자!"

"어, 좋네! 그럼 돈을 좀 모을까?"

"그럼, 물론이지."

아이린과 마이크에게도 눈짓을 했다. 좋다는 표정이 돌아왔다. 모두 술이 세 보였다. 나는 숙소를 나와 근처 상점으로 럼을 사러 갔다. 15분 정도 지나 호텔에 돌아오자 조금 전 소파에는 아무도 없었다. 시끄러우니까 모두 방으로 들어갔나 보다.

밤도 깊어 모두 잠들 시간이었다. 럼을 들고 복도 안쪽에 있는 방으로 걸어갔다. 예상한 대로 방에서 세 사람의 목소리가 들려왔다. 문을 열자 적당히 어두운 오렌지색 조명이 방 안을 채우고 있었다. 정말이지 '여행자의 밤'에 꼭 어울리는 조명이다.

루카는 바닥에 엎드려 있었다. 바닥에 커다란 지도를 펼쳐놓고 무언가를 열심히 설명하고 있다. 지도에는 루카가 지금까지 지나온 노정이 그려져 있다. 마이크도 쭈그리고 앉아 지도를 보고 있다.

"어이, 미안! 밖에서는 말소리가 울려서."

루카가 바닥에서 고개를 내 쪽으로 들며 말했다.

"이렇게 큰 지도를 갖고 있었구나."

나는 세 사람의 컵에 럼을 따르고 위에서 지도를 보았다.

"루카는 진정한 여행자야!"

아이린이 루카의 여행에 흥미를 보이며 지도를 설명하는 루카 사진을 찍었다. 아이린에게도 럼이 든 컵을 건넸다. 모두 술이 거나해져 기분도 좋아 보인다. 루카는 기꺼운 몸짓으로 지금까지 해왔던 여행을 이야기하고 있다. 지도를 손가락으로 가리키면서 각 나라에서 있었던 일을 이야기한다. 모두 루카의 이야기 세계에 빠졌다.

루카가 말하는 여행은, 약간 색 바랜 폴라로이드 사진 같기도 하고, 헌책방에서 발견한 논픽션 모험소설 같기도 하다. 여행은 그의 열정일 것이다. 그리고 두근거림은 누구나 갖고 있는 공통 언어다.

흔히 '여행'을 말하지만, 실제 여행은 사람마다 다르다.

여행하는 사람의 색과 향기가 있다. 우연히 이곳에 모인 아이린과 마이크 그리고 나도 저마다의 여행 풍경이 있다. 그리고 지금 이 순간도 서로 다른 여행의 색깔이 될 것이다. 정말 신기한 기분이다.

지도 위 루크의 손가락이 우여곡절 끝에 페루에 도착했고, 내일은 마추픽추에 간다는 걸로 마무리되었다. 루카는 럼을 마시며 지도를 접기 시작했다. 루카 옆에서 쭈그리고 앉아 지도를 보던 마이크도 일어났다. 그때 일어나려고 고개를 든 마이크와 눈이 마주쳤다.

"마호는 무슨 일을 해?"

마이크가 갑자기 질문을 던졌다.

"어, 그러니까……."

갑작스런 질문에 당황하고 말았다. 여행하면서 자주 들었던 질문이지만 영어가 잘 나오지 않는다. 머리가 핑 도는 것 같다.

"그림 그렸잖아. 뭐더라, 소울 컬러라는."

곤경에 빠진 나를 루카가 도와주었다.

"응, 맞아. 그림을 그려!"

영어로 어떻게 설명을 할까 고민을 하다가, 그림이라면 역시 보여주는 게 빠르겠다 생각했다. 나는 휴대전화를 켜고 내가 그린 그림을 보여주었다. 일본에서 그린 소울 컬러 그림을 모두 사진으로 찍어두었던 것이다. 마이크가 흥미를 갖고 진지하게 보았다.

"와우, 이건 뭐야? 정말 예쁘다!"

마이크가 소울 컬러를 손가락으로 가리키며 말했다. 나는 더듬거리는 영어로 설명을 했다. 제대로 전달이 됐는지는 잘 모르겠지만. 마이크는 놀란 표정으로 내 그림에서 눈을 떼지 못했다.

"소울 컬러. 진짜 멋있다!"

마이크 마음에 들었던 모양이다. 계속 다음 그림으로 넘겨가며 보았다. 내가 그린 그림이 잇달아 휴대전화 화면에 나타났다.

잠시 후 마이크가 어떤 그림에서 손을 멈추었다.

"마호, 이건?"

"어? 어떤 거?"

내 전화기를 쥐고 있는 마이크의 손을 보았다. 그것은 '나무 그림'이었다. 그러고 보니 여행을 떠나겠다고 결정하고 난 후부터는 계속 '나무 그림'만 그렸다는 것이 생각났다.

"이건 나무야. 왜 그랬는지 모르겠지만, 여행을 떠나기 한 달 전부터 계속 나무 그림만 그렸거든."

그때 아르바이트하던 곳의 벽에도 이 나무 그림을 그렸다. 이사 간 친구한테도 나무 그림을 보내주었다. 영국인 친구의 생일 선물도 나무 그림을 그린 노트를 건넸을 정도였다.

"마호는 왜 나무만 그려?"

몇 번이나 같은 질문을 받았지만 나도 잘 모르겠다. 어쨌든 무언가를 그리겠다고 생각하고 펜을 들면 어느 새인가 나무를 그리고 있었다. 마이크는 나무 옆의 정삼각형 모양과 까마귀 그림이 마음에 들었던 모양이다. 그것은 '우주와 자연과 생명 있는 모든 것이 정삼각형처럼 최상의 균형을 맞추며 살아가야 한다'는 뜻으로, 내가 학교 다닐 때 생각해낸 기호였다. 오래전에 『까마귀의 신화』라는 책을 읽고 느꼈던 것을 모티브로 만든 것이다.

"이걸 어떻게 알았지?"

where did we
come to,
from

peace

where will we
go to ?

마이크가 조용히 말했다.

"응?"

마이크의 모습이 좀 이상하다. 무척 놀랐는지 뭐라 말할 수
없는 표정으로 나를 바라보았다.

"혹시 마호도 '성스러운 진실'을 만났어? 이건 내가 '성스러운
진실'에서 본 비전이야."

"응? 뭐라고?"

성스러운 진실? 갑자기 무슨 말을 하는 거지?

마이크가 하는 말이 무슨 뜻인지 잘 모르겠다. 하지만 마이크
의 표정이나 태도는 굉장히 중요한 이야기를 하고 있는 것 같았
다. 루카는 바닥에 앉은 채 조용히 이쪽을 보고 있다.

"나는 '성스러운 진실'을 위해 2주 동안 수행을 한 적이 있어.
그리고 수행 마지막 날 밤에 아주 거대한 한 그루의 나무를 보
았어. 바로 이렇게 생긴 나무였어. 멀리 강도 흐르고 있었어. 그
리고 나무 옆에는 별이 삼각형 모양을 이루며 반짝거리고 있었
지. 나는 지금까지 계속 그 의미를 찾고 있었어. 그게 무슨 의미
인지 알 수 없었거든."

영어를 모르는 내가 무슨 일인지 그때 마이크가 한 말은 분명
히 이해할 수 있었다.

"이게 무슨 의미인지 알려줘."

마이크는 조용히, 그리고 진지하게 물었다.

"응, 이건."

나는 서툰 영어로 내가 그려 놓은 정삼각형 기호의 의미를 설명했다.

"이건 우주와 자연과 대지, 그리고 모든 살아 있는 생명이 최상의 균형을 맞추며 살아야 한다는 뜻이야. 정삼각형은 무한이잖아. 정삼각형 안에는 수많은 정삼각형을 만들 수 있거든. 하지만 변의 길이가 조금만 달라도 균형은 깨지고 말지."

나의 영어는 완전히 문법을 무시한 엉터리였을 것이다. 그저 단어와 단어를 나열한 뜻 모를 설명이었을 것이다. 그래서 손짓까지 하면서 어떻게든 설명을 하려고 했다. 마이크가 내 말을 이해했는지는 모르겠다. 그것은 말로 이루어지지 않은 커뮤니케이션이었다. 마이크의 눈이 나를 응시하고 있었다.

"아, 그래. 그런 의미였구나. 잘 알겠어."

마이크는 천천히 한숨을 내쉬듯 말했다. 컵에 든 럼도 비워버렸다.

"고마워. 난 이제 자야겠어."

그러더니 자기 물건을 챙겼다.

"아, 나도 이젠 잘래."

아이린도 말했다. 아이린의 눈이 몹시 졸려 보였다. 걸음도 조금 흔들렸다. 럼 때문에 취한 것 같았다.

"아스타 루에고, 그라시아스."

내일 만나자고 인사를 하고 모두 허그를 한 후 마이크와 아이린은 방을 나갔다. 문이 닫히는 소리가 들리고 동시에 정적이 찾아왔다. 모두 방을 나가버리자, 조금 전까지 신비하게 방 안을 채우던 오렌지색 조명도 평범한 전등 색으로 돌아온 것 같았다. 루카도 바닥에 있던 지도를 모두 정리했다.

"정말 신기하네."

환상 속에 있다가 갑자기 현실로 돌아온 것 같은 기분. 꿈에서 깨어난 것 같기도 한, 이상한 느낌이었다.

"그러게. 이제 자자. 내일 일찍 일어나야 하니까. 나도 취했어."

루카도 더는 마이크에 관한 이야기를 하지 않고 자기 침대로 들어가 버렸다. 나도 럼과 컵을 정리하고 잘 준비를 했다. 마이크는 왜 그랬을까? 이상한 밤이다.

나는 영어를 잘 모르니 정확하게 어떤 상황이었는지조차 확실하게 말하기 어렵다. 어쩌면 모두 어떤 착각이 아니었을까, 하는 생각도 든다. 아마도 마이크 마음에 있던 무언가가 우연히 내 그림으로 인해 갑자기 살아났을 것이다. 내 그림을 보고 놀라던 마이크의 정색한 얼굴이 떠올랐다. 방금 전에 있었던 비현실적인 일을 현실적인 머리로 적당히 마무리하고 나도 침대에 들어갔다.

성스러운 진실.

마이크가 말한 그 단어에는 인상적인 울림이 있다. 방의 전등이 꺼졌다. 루카가 꺼주었다. 루카의 숨소리가 고르게 들리기 시작하고 나도 어느 결엔가 잠이 들었다. 나한테도 고산지대의 럼은 취기를 돌게 했다. 모든 것이 마추픽추의 깊은 밤 속으로 빨려 들어갔다.

드디어 마추픽추에

다음 날은 아침 5시에 일어나기로 했다. 잠이 덜 깬 얼굴을 씻고 서둘러 준비를 끝냈다. 5시 반에는 버스 정류장에 줄을 서야한다. 이른 아침에 체크아웃을 마치고 딱 5시 반에 버스 정류장에 도착했을 때는 이미 긴 줄이 만들어져 있었다. 그래도 낮 시간의 줄보다는 훨씬 짧다고 했다.

"정말 사람 많다."

"그러게. 5시 반에 왔는데도 이 정도라니."

우리는 추위에 몸을 떨며 순서가 오기를 기다렸다. 아침의 마추픽추 마을은 몹시 추웠다. 가지고 있던 방한복을 모두 꺼내입었다. 버스는 기다린 순서대로 탈 수 있다.

얼마 후 마침내 순서가 돌아왔다. 버스를 타고 30분 정도 산을 오르니 드디어 마추픽추에 도착했다. 하지만 아직 입장권 판매소 앞이다. 마추픽추 입구까지는 다시 긴 줄을 서서 기다려야한다. 입구에서 입장권 확인이 끝난 시간은 7시쯤이었다. 입구부터는 언덕을 걸어 올라가야 한다. 수월하게 올라갈 수 있는 길이 아니지만 모두 마추픽추를 보겠다는 기대를 품고 걸어간다.

같은 방향으로 가는 사람들의 줄이 길다. 이미 이곳은 후지산 정상보다 높았다. 오르막길만으로도 숨이 차다. 조릿대 잎이 무성한 좁은 길을 관광객들이 모두 묵묵히 걸어가고 있다.

아침 안개가 구름처럼 마추픽추를 아련하게 가리고 있는 풍경은 마치 하늘 위에 떠 있는 것 같다. 그야말로 공중도시였다. 만화 영화 〈천공의 성 라퓨타〉 같았다.

"우와! 대단하다!!"

루카가 감탄을 내뱉는다. 나도 숨을 삼켰다.

"마추픽추에 오는 데 이렇게 돈이 많이 들 줄은 몰랐거든. 유적 따위 안 봐도 좋다고 생각했는데, 역시 세계문화유산은 다르네! 진짜 오길 잘했어!"

마침내 도달한 마추픽추에서 우리는 감동했다. 루카가 말한 대로, 여기까지 오는 데는 상당한 돈이 들었다. 마추픽추 입장료도 터무니없이 비쌌다. 가난한 배낭 여행자에게는 상당히 부담스러운 경비다. 그래도 정말 올 만한 가치가 있었다.

루카와 나는 조용히 마추픽추를 감상했다. 마추픽추의 유적도 훌륭했지만 마추픽추 바로 앞에 우뚝 서 있는 와이나픽추라는 산도 멋있었다. 자연의 힘에 모든 것이 보호받고 있는 느낌이었다. 날마다 수많은 관광객이 찾아오는데도 마추픽추가 있는 이 공간만큼은 공기가 깨끗했다. 이렇게 마추픽추의 에너지를 담뿍 받았고, 저녁 무렵에는 우리의 마추픽추 탐색도 끝이 났다.

"이제부터 어떻게 할까?"

호텔에 돌아와서 나는 루카에게 물었다. 마추픽추에서 두 사람의 일정을 얘기하지 못했다.

"나는 료니 씨가 알려준 그 댄이라는 사람이 있는 마을로 가려고 해."

마침내 간다. 료니 씨한테 지도를 받은 지도 2주나 지났다. 그 마을에 가는 것도 마추픽추에 가는 것만큼이나 기대가 되었다.

"음, 그래."

분명히 같이 갈 거라고 생각했던 루카의 반응이 예상 밖이었다. 망설이고 있는 듯했다.

"사실은 말이야, 내가 엄청 좋아하는 뮤지션 부부가 지금 세계 일주를 하고 있거든. 그리고 지금 페루에 있는 것 같아서 얼마 전에 메일을 보냈어."

"뮤지션이라니? 혹시 아살라토?"

"응, 맞아."

루카는 아살라토라는 악기와 함께 여행을 하고 있었다. 아살라토는 야구공 크기의 나무 열매 두 개를 끈 양쪽 끝에 매단 모양의 아주 단순하게 생긴 악기다. 손에 쥐고 흔들어 나무 열매를 부딪쳐서 소리를 낸다. 그 소리가 금방 익숙한 리듬이 된다.

익숙해지면 던지기도 하고 오른손과 왼손으로 다른 리듬을 만들 수도 있다고 한다. 단순한 원리이지만 리듬을 만들어내는 것은 결코 쉽지 않아 보였다.

루카는 어디를 가든 이 악기를 달고 있어서 걸을 때에도 손에 쥐고 흔들면서 연습을 했다. 아살라토는 루카의 트레이드 마크였다. 그렇게 좋아하는 아살라토의 유명한 뮤지션이 페루에 왔다는 것이다. 이런 우연은 좀처럼 없다.

"대단하다! 어쩌면 만날지도 모르잖아! 정말 잘됐다!"

나도 그 얘기를 들으니 기뻤다.

"그렇다니까. 게다가 조금 전에 그 사람한테서 회신이 왔어. 지금 쿠스코에 있는 것 같아. 같이 여행하자고 하더라고."

루카의 표정이 기대에 차 보였다.

그렇구나. 루카와 여행도 여기서 끝나는구나.

나도 기뻤지만 한편으로는 섭섭했다.

"하지만 마호와 같이 그 작은 마을에 가볼래. 나도 가고 싶거든. 그 마을에 간 다음에 다시 결정하자."

"그럴래? 그럼 그 마을까지는 같이 가는 거네?"

섭섭한 마음이 들키지 않게 명랑하게 대답했다. 하지만 알고 있다. 루카는 그 마을에 함께 갔다가, 다음 날에는 쿠스코로 떠날 것이다. 우리는 둘 다 혼자 여행하는 중이고 여행의 목적도 서로 다르다. 어쩔 수 없는 일이다.

쓸쓸한 마음을 가라앉히며 나는 루카와 함께 댄이 있는 작은 마을로 가기로 했다.

<h3 style="text-align:center">루 카 는   왜   페 루 에   왔 어 ?</h3>

마추픽추 마을에서 다시 전차를 타고 왔던 길을 되돌아가다가 도중에 어떤 마을에서 내렸다. 마을에 내린 다음부터는 '콜렉티보'라는 합승택시로 갈아탔다. 마추픽추 마을을 출발한 때가 저녁 무렵이었는데, 마을에서 마지막 콜렉티보를 탔을 때는 주위가 완전히 캄캄했다.

우리가 찾아가는 마을은 관광객도 별로 오지 않을 것 같다. 콜렉티보 안은 루카와 나를 제외하면 모두 현지인이었다. 모두 전통 문양이 그려진 천을 두르고 커다란 짐을 들고 있었다. 내용물은 채소나 과일일 것이다. 쿠스코 같은 큰 도시에 가서 장사를 하고 돌아오는 길이리라. 차 안은 진흙과 채소, 발 냄새로 꽉 차 있었다.

나와 루카는 피곤했다. 아침 5시에 일어나 마추픽추에 올라갔으니 피곤한 것도 당연하다. 오늘 하루가 참 길게 느껴진다. 콜렉티보는 거칠고 좁은 길을 흔들흔들 나아갔다. 도로에는 불빛도 없어서 자동차 라이트가 유일하게 앞을 비추고 있다.

"멀미하는 것 같아."

나는 금세 어지럼증이 났다.

"또야? 괜찮아?" 루카가 어이없다는 듯이 말했다.

멀미약도 미리 먹었는데, 너무 피곤해서 효과가 없는 걸까.

"여기, 어깨 빌려줄 테니까."

루카가 어깨를 내밀었다. 보기 드문 친절이다. 루카도 무척 피곤할 텐데. 약간 망설이기는 했지만 그렇다고 옆에 앉은 모르는 아저씨의 어깨에 기댈 수는 없는 일이다. 루카의 호의를 받아들이기로 했다. 루카의 어깨에 머리를 기대자, 갑자기 차 안이 고요해지는 것 같았다. 조금 긴장했는지도 모르겠다.

"있잖아."

루카가 말을 꺼냈다. 좁은 차 안에 루카의 목소리가 퍼졌다.

"내 인상 어땠어?"

"응?"

루카의 인상. 조금 생각한 후에 나도 입을 열었다. 얼굴이 보이지 않으니 솔직하게 말할 수 있을 것 같았다.

"음, 사교적이고 개방적이라고 생각했어. 아무하고나 금방 친해지잖아."

루카는 가만히 듣고 있다.

"그런데, 뭔가 절대 보여주지 않는 게 있는 것 같아! 마지막의 마지막만큼은 마음을 열지 않는 느낌!"

루카와 함께 지낸 요 며칠의 솔직한 감상이었다. 그리고 그것은 내가 약간 서운하게 느끼는 부분이기도 했다. 처음으로 간신

히 생긴 여행 파트너였는데, 친해지는 건 불가능했다는 느낌이
든다.

"하하하."

루카는 여전히 앞을 본 채 웃었다. 수긍하는지는 알 수 없었
지만 전보다는 어쩐지 가까워진 느낌이었다. 그리고 다시 차 안
은 정적에 쌓였다. 이야기를 하는 사람은 우리 둘뿐이다. 함께
타고 있는 마을 사람들은 낯선 일본인들의 대화를 어떻게 들을
까?

"사실은 나, 페루에 온 까닭이 있어."

다시 루카가 이야기하기 시작했다. 내가 줄곧 궁금해 하던 것
이었다. 멀미 때문에 어지러웠던 머리가 순간 맑아졌다.

"사실 별로 말하고 싶지는 않았지만, 어제 마이크랑 같이 마
셨잖아. 마이크가 '성스러운 진실'에 대해 말한 거, 기억 나?"

"응? 응!"

갑자기 심장 박동이 빨라졌다. 어젯밤 일이 떠오른다. 진지했
던 마이크의 표정도.

"나도 사실은 '성스러운 진실'을 만나러 왔어."

"그래? 그렇구나! 근데 그게 도대체 뭐야?"

"샤머닉 세리머니라고 알아? 샤머닉 세리머니는 아주 오랜 옛
날부터 페루에 전해 내려왔어. 민간요법으로 사용되기도 하고.
샤먼이 주관해."

"그렇구나."

처음 들어보는 이야기에 의식을 집중했다. 마치 무슨 전설이나 신화 이야기를 듣는 것 같다. 샤먼은 만화나 텔레비전에서밖에는 본 적이 없다.

"우리는 살아가면서 자꾸 여러 가지 것들을 잊어버리고 말거든. 살아간다는 감각조차 희박해져. 눈에 보이는 것만 믿게 되지. 그럴 때 샤먼이 '보이지 않는 세계'와 '자기 세계'를 연결시켜주는 매개자 역할을 하는 거야."

루카의 말은 주저함이 없었고 확신이 있었다.

"샤머닉 세리머니를 통해 자신을 새로 보고, 마음을 깨끗하게 정화하는 거야. 옛날 사람들은 그렇게 했대."

"그건 어떤 사람이 하는 거야?"

나는 루카의 어깨에 머리를 기댄 채 질문했다. 두 사람 다 앞만 보고 이야기했다.

"마약을 끊지 못하는 사람이나 알코올 중독인 사람도 많이 한다고 들었어. 그리고 트라우마가 있거나 그저 자신을 알고 싶어서 하는 사람도 있고. 뭐, 모두 뭔가 가지고 있으니까."

루카는 뭘 구하려는 거야? 그렇게 묻고 싶었지만 질문을 삼켰다. 루카도 마음속에는 무언가 있겠지.

"그런데 요즘은 반쯤은 장난삼아 가는 애들이 있대. 환각작용을 경험하고 싶거나, 일종의 마약 같은 감각을 시험해보고 싶어서. 샤먼도 가짜가 많아져서 부작용도 있나 봐."

그러더니 루카는 지금까지 한 번도 이야기하지 않은 페루에 온 까닭을 말했다. 장난삼아 찾아가는 사람처럼 보이고 싶지 않았던 것이다. 루카의 말에서 진지하게 생각하고 있다는 것을 알 수 있었다.

"'성스러운 진실'은 정말로 자신과 대면했던 사람밖에는 만날 수 없어. 혼자 찾아도 안 된다고 하더라고. 타이밍은 이미 준비되어 있대. 나는 '성스러운 진실'과 만나고 싶어. 그러기 위해 페루에 온 거야. 진짜 진실을 알고 싶어."

마지막에 한 말은 나한테 한 말이라기보다 루카 자신에게 하는 말 같았다. 차 안에는 나와 루카의 대화만 흘렀다. 하지만 더는 차 안의 정적에 마음이 쓰이지 않았다.

흔들흔들, 울퉁불퉁한 길을 합승택시가 달리고 있었다. 창밖은 여전히 칠흑 같은 어둠이다. 고요한 시간이 얼마간 흘렀다. 그러다 갑자기 차가 멈췄다.

운전수는 그 '작은 마을'의 이름을 몇 번씩이나 말했고, 몇 명의 현지인이 묵묵히 차에서 내렸다. 우리도 짐을 들고 차에서 내렸다. 주변은 여전히 새까맸다. 빛이라고는 별빛뿐이었다. 언덕 아래쪽에 마을 같은 게 어렴풋이 보인다.

조금 더 걸어야 한다. 하늘은 까맣다. 공기는 맑고 차가웠다.

"가자."

루카가 아무 일 없었다는 듯이 앞장서서 걷는다. 도로는 콘크리트가 아닌 흙길이다. 신발에 돌부리가 걸려 걷기 어렵다. 나는 마치 꿈속을 걷고 있는 기분이었다. 조금 전에 나눈 얘기는 옛날이야기였을까?

맑은 공기와 우리를 비춰주는 별이 이곳은 현실이라고 상냥하게 가르쳐주는 것 같았다. 루카와 나는 조용히 마을까지 걸어갔다. 내가 살고 있던 세상이 조금씩 열리고 있는 듯했다. 새로운 밤바람이 스쳐지나갔다.

마추픽추부터 여행이 달라질 거야.

정체를 알 수 없는 파도가 나를 덮치려고 하는 것 같았다. 바로 앞에는 루카가 걷고 있다. 루카의 등이 여느 때보다 더 믿음직스러웠다. 그렇게 우리는 '작은 마을'에 도착했다.

성스러운
진실

작은 마을에 도착한 것은 밤 9시 무렵이었다. 상점은 문을 닫았고 지나다니는 사람도 거의 없었다. 달빛과 별빛, 몇몇 집 앞에 켜져 있는 불빛에 의지해 걷는다. 정말 작은 마을이었다. 갑자기 비가 오기 시작해 우리는 걸음을 재촉하며 좁은 길을 걸었다.

댄은 메일로 만날 곳을 알려주었다. 카페 같았는데, 이렇게 늦은 시간에 문을 연 카페가 있을까? 갑자기 불안해진다.

"아, 마호! 저기 아니야?"

루카가 손가락으로 가리켰다. 우리가 걷고 있는 작은 길 끄트머리에 근사한 간판이 하나 휘황하게 반짝거리고 있었다. 불빛이 없는 캄캄한 오솔길에 그 카페만 붕 떠 있는 것 같다. 열려 있는 가게라고는 그곳 한 곳뿐인 것 같다. 비를 피해 도망치듯 서둘러 카페까지 달렸다. 간판의 글씨를 보니, 댄이 메일로 알려준 곳이다. 동그스름한 알파벳이 귀여운 간판이다.

"루카, 여기야!" 그러고는 계단을 몇 개 올라가 문을 열었다.

하늘색 나무문은 끼익 소리를 내며 열렸다. 동시에 맛있는 커피 향이 안에서부터 확 풍겼다. 캄캄한 암흑 속에 있다가 순식간에 밝고 따뜻한 공간으로 들어왔다. 어두운 곳에 오래 있었던 탓에 갑자기 밝아진 조명이 적응되지 않았다. 실내가 적응이 되자 매우 신기한 공간에 들어와 있는 것 같았다.

마치 옛날이야기에나 나올 법한 '마법 상점' 같았다. 목재가구에 연두색과 샛노란 색이 칠해져 있는 벽. 마치 아이 방 같았다. 카페 오른쪽에는 동그란 테이블이 두 개 놓여 있고, 왼쪽에는 푹신한 소파가 놓여 있다.

아직 댄은 오지 않은 모양이다. 소파에는 일본인 여성 두 명과 백인 남성 두 명이 편한 자세로 앉아 있다. 두 쌍의 커플 같다. 그들이 우리를 힐끗 보았다. 설마 이런 곳에 일본인이 있으리라고는 미처 생각하지 못해, 놀라느라 인사할 타이밍을 놓치고 말았다. 나중에 말을 걸어봐야지.

여자는 둘 다 길고 검은 머리카락에 얼굴이 작고 예뻤다. 어쩐지 내면의 평온함이 충만한 분위기였다. 그들의 존재도 이 카페의 신기한 분위기를 만드는 데 일조하고 있었다.

우리는 오른쪽에 있는 둥근 테이블에 앉았다. 여기에서 댄을 기다리기로 했다. 젖어지고 있던 무거운 배낭을 바닥에 내려놓으니, 몸이 한결 편해졌다. 몸에 묻은 빗물을 닦고 우리는 의자에 앉았다.

"예쁜 카페네. 그런데 분위기가 좀 신기하지?"

둥근 테이블에 마주보고 앉아 루카에게 속삭이듯 말했다.

"어, 그래? 평범하지 않나? 그보다 나는 커피를 마시고 싶어."

루카는 점원을 불러 커피를 주문했다. 루카 말을 듣고 보니, 그저 아기자기한 유기농 카페 같다.

나도 따뜻한 차이를 주문했다. 커피와 차이를 기다리는 동안 나는 카페 안을 둘러보았다. 둥그런 테이블 끝에 있는 유리 진열장에는 맛있어 보이는 쿠키와 케이크를 진열해 놓았다. 소파 옆 책꽂이에는 흥미로운 책이 많았다. 『부디스트』라고 적힌 사진집과 페루 유적 책, 타로 카드도 놓여 있었다. 그리고 책꽂이 가장 아랫단에 놓인 바구니에는 어린이 장난감이 담겨 있었다.

아이를 데려오는 사람도 많은가?

역시 콘셉트가 약간 독특한 카페 같다. 카페를 휙 둘러보고 끝으로 문 옆의 노란 벽에 이르렀다. 그리고 그곳에서 걸음이 멈춰졌다.

뭐지, 이거?

문 옆의 벽 한 면에 여러 가지 안내 종이가 빽빽하게 붙어 있었다. 아무래도 이건 게시판인 것 같다. 그래도 붙어 있는 게 너무 많아서 게시판 자체는 보이지 않는다. 종이 위에 붙어 있는 종이들도 많다. 게시판 공간만으로는 모자라 게시판이 아닌 벽에도 종이가 붙어 있었다. 벽 한 면이 사이즈도 색깔도 모두 다른 전단지의 전시 공간이 되어 있었다. 약간 기묘한 광경이었다.

도대체 무슨 안내일까?

궁금해져서 자세히 살펴보았다. 영어와 스페인어로 적혀 있어 자세히는 알 수 없었다. 읽을 수 있는 만큼만 읽어보았다.

"이건, 샤… 머닉… 응?"

샤머닉? 다시 보니, 붙어 있는 대부분의 종이에 '샤머닉 세리머니'라고 적혀 있었다. 평범한 종이부터 뭔가 이상한 그림이 그려져 있는 종이, 손글씨로 "샤먼 이름 ○○○", "○월 ○일 ○○산 부근"이라고 적힌 것까지 아주 다양했다. 게시판에 붙은 종이 대부분은 샤머닉 세리머니에 대한 안내 정보였다.

"루카, 여기 봐!"

테이블에서 커피를 기다리던 루카를 불렀다. 루카도 궁금했는지 얼른 일어나 이쪽으로 왔다.

"와아, 뭐야 이거? 엄청나다! 샤머닉 세리머니 정보만 있네!"

젖은 몸이 식어서 추운지 루카는 윈드브레이커 주머니에 손을 넣은 채 고개만 쭉 빼고 흥미진진하게 벽을 훑어보았다.

"이거 '성스러운 진실'이야."

잘 살펴보니 그중에 몇 개의 종이에는 "성스러운 진실"이라고 쓰여 있었다.

"뭐지? 이 마을? 그런 마을이었어?"

"음, 관광버스도 거의 오지 않는 곳이라는 얘기는 들었어."

나 역시 이런 마을이었다는 것은 몰랐다. 그저 료니 씨의 지도만 믿고 '댄'을 찾아온 것이다. 둘 다 벽 앞에 아무 말 없이 서 있었다. 내 심장이 두근두근 고동치고 있었다. 속에서 뜨거운 것이 소용돌이치고 있었다.

방금 전, 이곳에 도착하기 전에 루카와 이야기했던 것이 그대로 눈앞에 펼쳐져 있는 것이다.

이곳은 어쩌면 루카가 찾고 있는 '성스러운 진실'은 없을지도 모른다. 그래도 이 흐름은 '표지'였다. 표지는 언제나 직접 오는 건 아니다.

톡톡.

어깨를 두드리는 기척에 돌아보니, 소파에 앉아 있던 여자가 서 있었다.

"지금 왔어요? 당신들도 '성스러운 진실'을 찾아왔나요?"

그녀는 매우 자연스럽게 '성스러운 진실'을 말하고 부드럽게 질문했다. 우리가 '성스러운 진실'이라고 쓰여 있는 종이를 물끄러미 바라보고 있었기 때문일 것이다.

"아, 예. 지금 도착했어요. 여기서 댄을 만나기로 했거든요."

"예? 댄?"

"네. 아는 분인가요?"

"당신도 댄을 알고 있나요? 나는 내일 댄한테 점성술을 보기로 되어 있어요. 바로 이곳에서."

"아, 그래요?"

그러고 보니 료니 씨가 댄은 점성술사라고 알려주었던 게 기억났다.

그렇게 작은 마을인가?

여러 가지 일들이 갑자기 한 줄로 연결되어 이젠 뭐가 뭔지 모르겠다.

"이 마을 신기해요. 이런 우연이 자주 일어나요."

그녀는 이미 우연에 익숙하다는 듯한 말투다.

"아, 맞다! 이 이벤트 당신에게 딱 맞을 것 같아요. 괜찮으면 오세요!"

그렇게 말하더니 그녀는 수많은 종이 가운데 하나를 손가락으로 가리켰다.

거기에는 어떤 백인 남자가 플루트를 불고 있는 사진이 실려 있었다. 이 사람 어쩐지 본 적이 있는 것 같은데.

"이건 무슨 이벤트인가요?"

"플루트 콘서트예요."

플루트 콘서트? 그건 내가 그다지 흥미를 가진 분야가 아니다. 이건 좀 별로다. 거절할 타이밍을 노렸다. 그런데 그녀가 진심으로 추천을 했다. 정말 좋은 콘서트인가 보다.

"정말 좋으니까 한번 들어봐요! 게다가 바로 이 사람이 연주할 거예요."

이렇게 말하더니 뒤쪽 소파에 앉아 있는 남자 쪽으로 몸을 돌렸다. 본 적이 있다고 생각했던 플루트 연주자는 바로 여기에 있었다. 또 다른 여자의 남자친구인 것 같았다. 그는 우리 얘기를 들었는지, 자리에서 일어나 약간 수줍게 웃어 보였다.

"이 분도 모레 온대요. 재미있을 거예요!"

"네. 갈게요. 기대합니다."

만면에 웃음을 띤 채 대답했다. 이쯤 되면 거절할 수가 없다. 그렇다면 루카도 끌어들여야겠다고 생각하고 루카를 보았다. 하지만 루카는 이미 테이블로 돌아가 무관심한 듯 커피를 홀짝이고 있다.

어쩔 수 없지. 흐름에 맡기는 수밖에. 이렇게 모레까지 확실하게 이 마을에 있게 되었다.

폐점 시간이 가까워졌다.

끼익. 그때 둔탁한 소리를 내며 문이 열렸다. 문 앞에는 백발의 둥글둥글한 몸매를 가진 남자가 서 있었다. 맑고 파란 눈동자, 인도 사람이 입을 법한 마 소재의 헐렁한 옷을 입고 있다. 목에는 커다란 돌을 끈으로 엮은 목걸이를 늘어트리고 있다. 마치 『이상한 나라의 앨리스』에나 나올 법한 풍모를 지닌 남성이다. '저는 마법사입니다'라고 말해도 믿을 것 같았다.

"아, 마호 씨군요!"

그가 서툰 일본어로 내 이름을 불러주었다. 댄이었다.

"댄, 무초 구스토! 기다리고 있었어요. 만나서 반갑습니다!"

이렇게 말하고 댄과 허그를 했다. 이어서 조금 전의 여성과 댄도 친한 듯 허그를 했다.

"하하하, 아주 좋은 만남이 있었던 것 같습니다."

우리를 둘러보고는 댄이 말했다. 댄은 일본어와 스페인어를 섞어 말했다. 일본어로 말하는 것은 아주 오랜만일 것이다.

"이렇게 늦은 시간에 죄송해요."

"아니, 괜찮아요. 내 친구 료니와 친구니까. 저도 얼마 전에 료니에게 신세를 졌어요."

댄은 처음 만난 우리를 아주 편안하게 맞아주었다. 료니 씨 덕분이다.

"제가 뭘 하면 좋을까요? 호텔은 정했나요?"

"아니오, 아무것도 정하지 않고 왔어요."

작은 마을에서는 늦은 시간에 호텔을 잡기가 쉽지 않다.

"그렇군요. 괜찮아요. 제 친구네 호텔에 부탁해볼게요. 그것이 제가 할 일인 것 같네요."

그렇게 댄은 우리를 친구가 경영하는 호텔까지 데려다주기로 했다. 서둘러 계산을 하고 모두에게 인사를 했다. 나와 루카는 배낭을 메고 댄의 뒤를 따라갔다.

카페를 나오니 비 내리는 마을은 캄캄했다. 댄은 카페 옆으로 난 언덕길을 곧장 올라갔다. 댄이 회중전등을 비춰주었다. 루카와 나 둘만 있었다면 호텔을 찾을 수 없었을 것이다. 댄에게 감사했다.

잠시 걷다가 댄은 언덕 중간에 있는 호텔 앞에서 걸음을 멈췄다. 댄은 뚱뚱한 몸을 헐떡이며 말했다.

"여기에요. 잠깐 물어볼게요."

이미 밤이 깊었다. 호텔 문은 굳게 잠겨 있었다. 댄이 문을 몇 번 두드리자 어떤 남자가 경계하는 표정으로 문 안쪽에서 얼굴을 조금 내밀었다. 그러고는 문을 두드린 사람이 댄이라는 것을 알고는 웃으면서 바로 문을 열어주었다. 댄이 이야기하니 그는 우리를 위해 1층 방을 마련해주었다. 마침내 오늘밤 잘 곳이 정해졌다.

"이곳이 괜찮겠습니까?"

물론, 우리는 몇 번씩이나 고개를 끄덕였다. 댄이 방긋 웃었다.

"이걸로 제가 할 일도 끝났네요. 불편한 일이 생기면 바로 연락주세요. 그럼, 안녕히 주무세요. 좋은 여행이 되길."

"네. 댄, 정말 고맙습니다."

커다란 댄의 몸을 안으며 인사했다. 댄은 아직 비가 내리고 있는 길을 조금 전 우리가 걸어왔던 방향으로 되짚어 내려갔다. 댄의 뒷모습이 진짜 마법사 같았다. 굉장히 신기한 사람이었다.

"오늘은, 어딘가 이상한 하루였어."

댄의 뒷모습을 보며 루카가 토해내듯 말했다. 방에 배낭을 내려놓고 젖은 옷을 갈아입었다. 옷이 다 젖어 축축했다. 정말 재미있는 하루였다.

아침 일찍 일어나 마추픽추에 갔다. 그리고 밤에는 이 작고 신기한 마을에 와 있다. 하루 동안 일어난 일이라고는 생각되지 않았다. 그리고 오늘 일어난 여러 가지 일이 아직도 현실로 믿어지지 않는다. 내가 살고 있는 세상은 이런 모습이었을까?

차 안에서 루카한테 '성스러운 진실'에 대해 듣고 난 다음 도착한 마을에는 '성스러운 진실'에 대한 수많은 정보가 있었다. 댄과 만나기로 한 카페는 샤머닉 세리머니 포털사이트 같은 곳이었다. 그 카페에 있던 일본인 여자와 댄.

오늘 일어난 여러 가지 일이 마치 준비된 것처럼 연결되어 있었다. 2주 전에 료니 씨가 그려준 지도만 가지고 여기에 왔다. 앞으로 무슨 일이 벌어질까?

침대 위에서 멍하니 천정을 바라보고 있었다. 생각이 경험을 따라잡을 수가 없었다. 모험소설의 주인공이 바로 이런 기분일

지도. 앞으로 어떤 일이 기다리고 있을지 예상할 수 없었다.

"마호."

어두운 방의 옆 침대에서 루카의 목소리가 들렸다.

"플루트 콘서트 갈 거야?"

역시 내가 초대받는 것을 듣고 있었던 것이다. 그때 카페에서 무관심한 척 커피를 마시고 있던 루카의 모습이 떠올랐다. 어쩐지 귀엽다.

"응. 가려고. 초대도 받았고."

그것은 내가 모레까지 이 마을에 남겠다는 뜻이기도 했다.

"그래."

별일 아니라는 듯, 루카는 무덤덤하게 대답했다. 그리고 몸을 뒤척이는지 침낭이 스치는 소리가 들렸다. 너무 추워서 이불 속에 침낭을 넣고 자는 모양이다.

루카는 어떻게 할래?

그 말은 묻지 못했다. 나도 몸을 뒤척이며 천천히 잠들었다. 다시 여행이 달라지고 있다.

눈을 뜨니 옆 침대의 루카는 벌써 일어나 있었다. 침대 옆에 두었던 배낭을 정리하고 있었다. 커튼이 쳐 있는 방은 아침인데도 아직 어두웠다. 나는 몸은 그대로 두고 얼굴만 옆으로 향해 루카의 모습을 보았다. 잠에 빠져 있던 머리가 조금씩 맑아졌다.

"아, 마호, 좋은 아침! 깨워서 미안."

루카는 짐 정리를 하며 나를 보고 말했다. 아니야. 나는 고개를 저었다. 아직 누워 있다. 루카는 나를 슬쩍 보더니 다시 짐 정리를 한다.

"나, 쿠스코로 가야겠어. 이 마을도 엄청 흥미롭지만, 다시 올 수 있으니까. 일단 사람은 타이밍이니까, 그 사람들을 만나고 오려고."

루카는 바쁜 몸짓으로 채비를 하면서 나에게 말했다. 그 사람들이란 아살라토 뮤지션 부부겠지. 구겨진 윈드브레이커를 입은 루카의 뒷모습을 보았다. 루카는 역시 가버리는구나. 예상했던 일이다.

"그래. 그렇구나."

나는 중얼거리듯 짧게 대답했다. 원래 혼자 여행했고 우연히 함께했던 것이다. 둘 다 서운할 까닭이 없다. 루카는 아주 야무지게 짐을 배낭에 담았다. 그리고 잠시 후 채비를 마쳤다. 일어나서 윈드브레이커의 매무새를 고치더니 이쪽으로 돌아보았다.

"이상하지 않지? 거울 같은 게 없어서 내 모습을 볼 수 없었다니까. 하하."

그러더니 침대 위에 두었던 챙 달린 니트 모자를 썼다. 조금 부끄러운지 재킷 주머니에 손을 찔러 넣었다. 나는 루카의 모습을 침대에서 올려다보듯 바라보고 있었다.

"응. 괜찮아. 평소와 같아."

평소와 같지 않은 루카에게 그렇게 말했다. 그는 내 대답을 듣기도 전에 벌써 배낭을 메고 있었다.

"자, 마호, 다시 어딘가에서 만나자."

루카가 문을 열었다. 문 사이로 바깥의 빛이 들어왔다. 그 빛이 루카의 그림자를 방 안에 드리웠다. 오늘도 평소처럼 날씨가 좋은 것 같다. 루카는 내 쪽을 슬쩍 돌아보았다. 모자의 챙에 가려진 눈을 찡긋하며 웃었다. 곧 루카의 모습은 문 밖으로 사라졌고 계단을 내려가는 소리만 들려왔다. 열린 문으로 맑은 아침의 태양이 들어왔다. 새로운 빛이 방 안을 순식간에 밝혔다.

바람이 조금 차가웠다. 우리는 이별이 서툴렀다.

한 그 루 의 나 무

차가운 물로 얼굴을 씻고, 머리를 빗었다. 아침에 보는 이 '작은 마을'의 인상은 어젯밤과는 완전히 달랐다. 이제 수수께끼 같은 분위기는 사라지고 없다. 녹음이 아름다운 산으로 둘러싸여 있고 논과 밭이 풍요로웠다. 평온한 자연에 안긴 '작은 마을'이 있었다.

나는 호텔을 나와 이 마을을 탐색해 보기로 했다.

언덕을 내려갔다. 내가 묵은 호텔은 언덕의 중간쯤에 있다. 이 언덕에는 하얀 천막을 친 기념품 가게가 줄지어 있다. 어젯밤에는 없었는데 아침부터 천막을 쳤을 것이다. 하얀 비닐 천막을 굵은 나무장대로 솜씨 좋게 고정시켜 가게를 만들었다. 작은 마을은 하얀 천막이 무수히 세워져 활기를 띠기 시작했다.

언덕을 내려가면서 루카를 생각했다. 루카와 함께 쿠스코에 가지 않은 게 잘한 걸까? 루카는 쿠스코에 와서 처음 만난 표지였다.

"마추픽추에 혼자서는 가지 마. 반드시 때가 올 거야!"

나호의 느닷없는 예언을 들은 다음, 그 순간을 가져다준 사람이 루카였다. 그리고 루카가 찾고 있는 '성스러운 진실'도 이 마을에 있다. 그걸로 된 걸까?

쓸쓸한 기분과 앞으로의 여행에 대한 불안이 섞여 머릿속으로 온갖 것들을 생각하기 시작했다. 내 마음이 무엇을 말하고 있는지 들리지 않았다. 언덕길이 끝나자 조금씩 완만한 길이 이어졌다. 광장 같은 곳으로 나왔다. 갑자기 하얀 천막이 많아지니 하얀 천막으로 이루어진 기념품 시장 같았다. 이곳이 중앙로인 모양이다.

페루의 시가지는 침략국인 스페인의 영향을 받아 아무리 작은 마을이라도 그 중심에 '중앙로'라는 광장이 있다. 광장에는 아름다운 성당이 있고, 동상이나 분수대가 있기도 하다.

"싸요, 보고 가세요!"

스페인어로 손님을 부르는 상인들의 소리를 슬쩍 피해 하얀 천막 시장을 빠져나왔다. 광장이 끝나니 다시 내리막길이 이어졌다. 중앙로를 중심으로 좁은 골목길이 이어져 있다. 언덕을 내려오기 전에 뒤를 돌아서 중앙로를 조망하고 싶어졌다. 이 마을의 분위기를 보고 싶었던 것이다. 중앙로를 보면, 그 마을의 특징을 알 수 있다는 말을 들은 적이 있다.

커다란 파란 하늘과, 계속 이어지는 오르막 언덕길의 배경에는 초록색 산이 있다. 그리고 하얀 천막이 늘어선 중앙로는 활기로 가득 차 아름다웠다. 중앙로의 풍경을 보다가 그 자리에 꼼짝 못하고 선 채로 움직일 수 없었다.

눈을 뗄 수가 없었다. 단순히 아름다웠기 때문만은 아니었다. 머리부터 발끝까지 소름이 끼치고 머릿속이 하얘졌다. 아무것도 생각할 수 없었다.

그 대신 커다란 이명이 어떤 신호라도 되는 듯, 갑자기 귀에서 울렸다. 중앙로의 하얀 천막이 늘어선 시장 위에는 그 모든 것을 덮는 그림자를 만드는 한 그루의 커다란 나무가 서 있었다. 그것은 어디서 본 것 같아서 반갑기도 한, 익숙한 한 그루의 나무였다. 여행을 떠나기 한 달 전부터 계속 그려왔던 그 나무였다.

그리고 마추픽추에 가기 위해 묵었던 호텔에서 만난 마이크가 '성스러운 진실'에서 본 적이 있다고 말한 그 나무이기도 했다. 내 안에서 희미하게 무언가가 확실한 형태가 되는 듯했다. 그저 닮은 나무인지도 모르겠다. 하지만 내 안에 흩어져 있던 점들이 천천히 모양을 본뜨며 선으로 이어지는 것 같았다.

페루에 가겠다고 결정한 후 지금까지, 몇 번이나 계속된 우연이 차례차례 떠올랐다. 마치 그 모든 우연이 나를 이곳으로 데려오기 위함이 아니었나 생각될 정도로. 그 나무가 당당하게 이곳에 서 있는 것이다.

몸을 움직일 수 없었다. 거대한 파란 하늘도 초록의 산도 바람도, 그리고 그 한 그루의 나무조차 아무것도 아니라는 듯이 거기에 있었다. 나는 다시 중앙로를 등지고 걸어갔다. 작은 골목의 완만한 내리막길을 아무 일도 없었던 것처럼 그저 걷기만 했다.

가 장 좋 은 타 이 밍 이 란 뭘 까 ?

언덕길을 내려가니 어젯밤 댄을 만났던 카페가 있다. 밤이어서 위치를 전혀 알 수 없었는데 이런 곳에 있었다니.

낮에 다시 보는 카페는 예쁘게 꾸며놓은 평범한 카페였다. 수수한 옷을 입고 레게 머리를 한 여행자들이 카페로 들어가는 것이 보였다. 그러고는 금방 다시 나왔다. 그 게시판을 보고 다시 나온 모양이다. 카페를 나오는 사람 가운데 한 사람의 눈과 마주쳤다. 매우 맑고 깊은 눈을 가진 남자였다. 자기 인생을 정면으로 대면하는 사람의 눈이었다. 여기는 아는 사람은 다 아는 카페인 모양이었다. 샤머닉 세리머니에 관한 정보를 얻으려는 것이겠지.

카페를 지나쳐 다시 언덕길을 내려갔다. 발길 닿는 대로 골목

길에 들어가 천천히 이 마을을 둘러본다. 그러다가 소품 가게처럼 생긴 가게를 발견했다. 입구에 작게 걸린 간판에 여자 얼굴이 그려져 있었다. 최근에 다시 그렸는지, 색깔이 선명했다. 다른 가게처럼 이 가게도 들어가지 않고 지나쳤다.

그런데 한 블록 정도 걸어갔을 즈음, 그 가게가 자꾸 마음에 걸렸다. 왔던 길을 되돌아가는 건 귀찮지만, 딱 한 블록인걸. 되돌아가서 가게 안으로 들어가 봐야겠다. 방향을 틀어 반쯤 열린 가게 문을 밀고 들어갔다.

가게 안은 생각한 대로 소품 가게였다. 수제 비누와 페루 문양 천이 센스 있게 진열되어 있었다. 별로 넓지 않은 작은 가게에는 허브인지 뭔지 모를 이국적인 자연의 향이 풍기고 있었다. 가게 안에는 여자 손님 한 명이 물건을 고르고 있었는데, 내가 문을 열자 내 쪽을 쳐다봤다.

"어! 어제!"

눈이 마주치자 그녀가 나에게 말했다. 어젯밤 카페에 있던 다른 한 커플의 일본인 여자였다.

"아, 또 만났네요. 안녕하세요!"

다시 그녀를 만나서 기뻤다. 되돌아오기를 잘했다. 그녀는 아름다운 검은 머리에 쌍꺼풀이 없는 말간 얼굴의 미인이었다. 나는 그녀와 잠시 서서 이야기를 나누었다. 그녀의 직업은 마사지사이고 남자친구와 둘이 이 마을을 방문했다고 한다. 마을이 마음에 들어 예정보다 더 오래 지내고 있는 중이라고도 했다.

"마호 씨, 플루트 콘서트에 갈거죠? 그분 연주 정말 훌륭해요. 언제나 옆방에서 연습하는 소리가 들려요."

어젯밤 카페에 있던 다른 한 커플과는 우연히 이 마을에서 만났다고 한다. 같은 호텔의 옆방이었고, 두 커플 다 국제연애를 한다는 공통점이 있어서 친해지게 되었다고 했다.

"그리고 그 커플과 '성스러운 진실'도 했어요."

그녀는 조금 작은 목소리로 중대한 비밀이라도 얘기하듯이 나에게 그렇게 말했다.

"네? '성스러운 진실'을 한 적이 있나요?"

나는 깜짝 놀랐다. 나도 따라서 작은 소리로 물었다.

"음. 이런 얘기 별로 안 하는데, 당신도 '성스러운 진실'을 찾으러 왔죠?"

그 질문에 잠깐 망설였다. 하지만 잠시 후 "네."라고 작게 대답했다. 그녀도 작게 끄덕이더니, 이번에는 똑바로 나를 보았다.

"당신은 깨끗해 보이고, 준비가 잘 되어 있는 것 같아요."

"준비요?"

"그래요. 너무 많은 감정을 안고 있으면 좀 힘들어요. '성스러운 진실'로 자신을 바라볼 수는 있지만, 좀 세다고나 할까요. 나는 권하지 않아요. 가능하다면 '성스러운 진실'이 아닌 자기 인생을 스스로 응시하는 편이 좋다고 생각해요. 그런 다음 자기 마음이 깨끗해진 후에 '성스러운 진실'과 만나는 편이 좋아요."

그녀가 무슨 말을 하는지 잘 이해되지 않았다. 하지만 고개를 끄덕인다.

"당신은 일단 큰 문제는 해결한 사람으로 보여요. 그러니 해도 괜찮을 거예요."

그 말에 좀 놀랐다. 그녀도 그런 능력이 있는 걸까?

나도 사람의 색을 볼 때, 그 사람이 안고 있는 생각이나 고민이 조금 어두운 색으로 보일 때가 있다. 문득 여행 전에 엄마와 갈등을 회피하지 않고 정면으로 마주했던 것이 생각났다.

"나는 이제 충분해요."

그녀가 말을 덧붙였다. 그녀는 조금 힘든 체험을 했었던 모양이다.

"사실은 이 가게의 안주인이 샤먼이에요. 그녀는 아주 훌륭해요. 괜찮으면 소개해줄게요."

"아, 그래요?"

"신뢰할 만한 사람이에요. 샤먼으로서 실력도 훌륭하고. 당신과도 맞을 것 같아요. 스페인어 할 줄 알아요? 당신이 할 수 있는지, 괜찮으면 물어봐줄게요."

그렇게 말하고는 가게 안쪽으로 몸을 들이밀고 스페인어로 말을 걸었다. 잠시 후, 가게 안쪽에서 갈색 피부의 얌전하고 온화한 분위기의 여자가 나왔다. 빨아들일 듯한 눈을 가진 상냥해 보이는 여자였다. 들은 얘기가 없었다면 현지의 보통 여자와 다르지 않게 보았을 것이다.

나를 소개해준 여자가 다시 스페인어로 이야기를 했고 샤먼은 나를 몇 번 보았다. 이야기가 끝나자 샤먼은 눈을 들어 나를 똑바로 바라보았다. 나도 긴장하면서 그녀의 눈을 보았다. 잠시후, 샤먼은 나를 보며 고개를 끄덕이고, 다시 그녀에게 무슨 말인가 하면서 가게 안쪽으로 가버렸다.

"할 수 있을 것 같아요. 그런데 내일이래요. 내일이 아니면 언제가 될지 알 수 없다고 하네요."

"예? 내일이요?" 갑작스런 상황에 적응이 안 된다.

내일? 그것도 내가 '성스러운 진실'을 한다고? 그녀와 마주 선채 조용히 생각했다.

정말 해도 좋을까?

과연 지금이 올바른 '타이밍'일까?

아직도 나는 '성스러운 진실'이 어떤 건지 모른다. 아무런 결정도 내리지 못한 나는 아무 말도 할 수 없었다. 그녀는 주저하는 내 모습을 가만히 지켜보았다. 그러더니 부드럽게 나에게 말했다.

"왜 '성스러운 진실'을 하고 싶은 거죠? 하겠다는 의지가 분명하면 해도 좋아요. 하지만 이도저도 아니면 안 하는 게 좋을지도 몰라요."

그 말에 갑자기 시야가 분명해졌다. 눈앞에 내가 쓴 노트의
표지가 갑자기 떠올랐다.

무엇을 위해 태어나 무엇을 하며 사는 걸까?
대답할 수 없다는 거, 그런 건 싫어!

직접 그린 달과 태양이 가사 옆에서 가만히 나를 지켜본다.
"예, 할게요!" 나도 모르게 대답을 하고 말았다.

그녀는 살짝 웃더니, 다시 가게 안쪽으로 가서 스페인어로 말
을 걸었다.

"내일 아침 9시에 이곳으로 오세요. 그리고 오늘 뭐 좀 먹었어
요? 몸을 정화시키기 위해 오늘은 아무것도 먹지 마세요. 신성
한 의식이니까요. 만약 꼭 먹어야 한다면 과일이나 싱거운 야채
스프를 드세요."

그녀는 친절하게 알려주었다. 그러곤 다시 아무 일 없다는 듯
이 가게의 물건을 구경하기 시작했다. 어느새 가게 주인은 남자
로 바뀌어 있었다. 샤먼의 남편인지 모르겠다. 이윽고 그녀가 남
자와 물건에 대해 이야기를 나누는 사이에 나는 방해가 되지 않
도록 그녀에게 살짝 인사를 하고 가게를 나왔다.

그리고 다시 왔던 길을 걸어갔다. 중앙로의 한 그루 나무를 지
나쳐, 언덕길을 올라가 호텔로 돌아왔다. 중간에 작은 가게에서

바나나를 하나 샀다. 바나나 말고는 아무것도 먹지 않았다.

언덕 위의 호텔로 돌아와 그대로 침대에 쓰러졌다. 옆 침대에는 루카가 일어났을 때 그대로 이불이 덮여 있다. 배가 고파서 밤늦게까지 잠들지 못할 것 같았다.

저녁 해가 저물고 밖이 캄캄해지는 광경을 유리창을 통해 보았다. 계속 방 안에 있으니 시간 감각이 없어지는 것 같다.

천정을 보았다. 이제 루카는 머릿속에 없다. 내일 '성스러운 진실'을 하는 건가? 아직 실감이 나지 않는다. 하지만 무엇 때문에 '성스러운 진실'을 하고 싶은지에 대한 답은 갖고 있다. 그것이 나를 안심시켰다.

'성스러운 진실'을 대면하는 것에 거부감은 없었다. 파도 위에서 표류하고 있는 듯한, 그런 느낌이었다. 그녀를 만나지 않았다면 '성스러운 진실'을 하겠다고 생각하지 않았을 것이다. 어쩌면 그녀가 나에게 '타이밍'을 가져다준 것인지도 모른다. 특별한 사람으로 느껴졌다.

하지만 그런 생각도 금세 사라졌다. 오늘 아침에 보았던 거대한 한 그루 나무를 떠올렸다. 그 나무를 보고 놀란 사람은 나였다. 하늘도, 산도, 바람도 그리고 한 그루의 나무조차 아무것도 아니라는 듯이, 그저 그곳에 있을 뿐이었다. 어쩌면 그 검은 머리의 아름다운 여성도 그저 그곳에 있었던 것인지도 모른다.

그녀는 자신이 내게 중요한 표지를 보여주었다는 걸 모를 수도 있다. 어쩌면 그녀와 만남도 그 나무처럼 아무것도 아닌지도 모른다.

이것은 내 이야기다. 내가 간절히 바라는 게 있을 때, 비로소 표지는 나타나고, 관찰하는 사람은 표지를 읽으려고 한다.

내가 읽었기 때문에 그것은 비로소 표지가 되었다. 언제나 세상은 아무것도 아니라는 듯 그저 그곳에 있을 뿐인 것이다. 그렇게 생각하니 어쩐지 조금 쓸쓸했다. 하지만 세상은 언제나 표지를 읽어줄 사람을 기다리고 있다고 생각하니 다시 기뻤다.

내가 더 이상 표지를 읽지 않게 되면 하늘도, 산도, 나무도, 그것들은 그저 아무것도 아닌 것이 되어버린다. 나는 표지를 읽고 따라가는 인생을 살아야겠다. 세상은 그저 늘 그 자리에 있을 뿐 아무것도 아니라고 생각하는 것보다는 세상의 표지를 찾고 그것을 따라가는 인생이 더 흥미로울 것 같다. 이것은 내 이야기이기 때문이다.

또한 표지를 믿지 않는 인생은 기적도 일어나지 않을 것이다. 기적도 '표지'와 같아서 깨닫는 순간부터 모습을 드러내는 것이니. 이렇게 생각하니 세상은 항상 기적으로 넘치는 것 같았다. 그러자 방의 천정과 벽, 벽 끝에 놓인 작은 책상까지도 모두 특별하게 느껴졌다. 조금 전까지는 그저 그곳에 있는 것이었을 뿐인데 지금은 어떤 의도를 가지고 나에게 무언가 전해주고자 하는 것 같다.

다시 내일 있을 '성스러운 진실'을 생각했다. 무언가를 멀리서 지켜볼 때와 막상 내가 그것을 하겠다고 결정했을 때는 모든 것이 다르다.

루카의 얼굴이 떠올랐다. 루카가 사람들에게 별로 얘기하지 않았던 까닭을 이제야 알 것 같다. 정말로 '성스러운 진실'과 대면하겠다고 마음먹은 사람은, 그렇지 않는 사람과는 완전히 다른 마음으로 살아가는 것이다. 이런 생각을 하는 동안, 나는 이미 '성스러운 진실'과 대면하겠다고 결심했다. '성스러운 진실'과 대면하는 것이 내 인생에서 얼마나 중요한 일인지, 머리가 아닌 몸 안 세포의 아주 깊고 깊은 부분이 아주 잘고 있는 듯했다.

나는 이불도 덮지 않고 침대 위에서 팔을 벌리고 천정을 바라보았다. 내일 '성스러운 진실'과 대면한다고 생각하니 여러 가지 생각이 두서없이 떠올랐다. 떠오르는 대로 생각하다가 천천히 잠이 들었다. 눈을 떴을 때는 벌써 아침이었다.

어제처럼 얼굴을 씻고 옷을 챙겨 입고 마침내 해가 다 떴을 때쯤 호텔을 나와 약속한 가게로 걸어갔다. 높은 산으로 둘러싸여 있기 때문일까. 이 작은 마을은 해가 늦게 뜨고 일찍 졌다.

언제나처럼 언덕을 내려가니 중앙로에는 그 한 그루의 나무가 서 있다. 하얀 천막을 친 기념품 가게는 장사를 시작하려는지 분주하게 움직이고 있었다. 천막을 세우기 위해 커다란 나무 골

조를 다 같이 조립하고 있었다. 시간을 보니 약속한 9시에서 15분 정도 일렀다. 다른 골목에서 시간을 보내다 다시 그 가게 앞으로 왔다. 그래도 아직 10분이나 남았다.

문 앞에서 기다리려고 했다가, 그냥 문을 두드리기로 했다. 단단하게 잠겨 있는 그 나무문을 두드리려고 손을 뻗는 순간 안쪽에서 문이 열렸다. 갑자기 열렸기 때문에 나는 깜짝 놀라 살짝 뒷걸음질을 쳤다. 문 안쪽에는 어제 만난 그 샤먼이 서 있었다. 뭔가 급한 일이라도 있는지, 눈동자가 허둥대고 있었다. 그녀 뒤에는 아이들이 몇 명 달라붙어 있었다.

나를 알아본 샤먼은 스페인어로 무언가를 계속 말했다. 그녀는 빠르게 말을 하며 커다란 눈으로 내가 이해하고 있는지를 확인했다. 쿠스코라는 말은 간신히 알아들었지만, 다른 건 전혀 모르겠다.

"9시! 9시 여기서 만나기로……."

그녀의 초조함이 전해져 와, 나까지 초조해졌다. 말이 제대로 나오지 않았다. 그녀는 무슨 말을 전하고 싶은 걸까? 내가 시간을 잘못 안 걸까?

그녀는 내가 이해하지 못했다는 것을 알았는지, 같은 말을 몇 번씩이나 반복해서 말했다. 그러나 빠르게 말하는 스페인어는 더욱 알아들을 수가 없다. 결국 포기했는지 한숨을 쉬더니 그대로 아이들과 함께 언덕길을 내려가 버렸다. 나는 아연실색한 채 그녀의 뒷모습을 보고 있었다. 무슨 일이 있는 걸까?

긴급한 일이 생겼다는 것은 알겠다. 뭐가 어떻게 된 건지 파악도 못한 채 그 자리에 가만히 서 있었다. 샤머닉 세리머니가 연기된 걸까? 아니면 내가 그것을 할 만한 자격이 안 된다는 걸까? 말을 알아들을 수 없으니 그저 분위기가 긴박하다는 사실 말고는 알 수 있는 게 없다.

야단맞은 아이처럼 자신이 초라하게 느껴졌다. 가게 앞 기둥 앞에 앉아 그녀가 돌아오기를 기다리기로 했다. 30분을 기다려도 그녀는 돌아오지 않았다. 나는 불안해졌다. 이런 일에는 도대체 어떤 의미가 있는 걸까?

나는 점점 내가 읽었다는 표지가 어리석게 느껴졌다. 나는 왜 이런 어린애 같은 짓을 하는 걸까?

말이 통하는 일본인 여자를 만난 것도 아무것도 아니었던 것이다. 한 그루의 나무도 우연히 그곳에 있었던 것뿐이다. 그렇게 생각하니 지금까지의 내 여행을 되짚게 되고 결국, 여행을 떠나기 전으로 거슬러 올라갔다.

비행기에서 두 번이나 일본인 여자 옆자리에 앉았던 것도, 마키 아줌마한테 료니 씨를 소개 받은 일도, 그리고 료니 씨가 그려준 지도도, 모두 아무것도 아닌데 그저 나 혼자 대단한 의미를 부여하고 착각했던 건 아닐까? 그렇게 생각하니 갑자기 불안하고 부끄러워졌다.

내가 지금 뭐하고 있는 거지? 노트 표지에 적어놓은 그 말도 찢어버리고 싶어졌다.

무엇을 위해 태어나 무엇을 하며 사는 걸까?
대답할 수 없다는 거, 그런 건 싫어!

그런 대단한 것을 내가 알 리가 없다. 그리고 그걸 안다고 한들 무엇이 달라진단 말인가. 세상에 사는 많은 보통 사람들은 그런 건 중요하다고 생각하지 않고 인생을 살아가고 있다.

안정적이고 좋은 직장에 취직하거나, 높은 연봉을 받게 되거나, 좋은 집에 살거나, 유명해지거나, 잘생긴 남자친구가 생기거나, 이런 것들이 가장 중요한 일일 것이다.

기둥에 기댔다. 아무것도 생각할 수 없었다. 하늘도, 산도, 바람도 모두 그저, 그곳에 있었던 것뿐이다. 그런 것들은 아무것도 아니다. 나는 꼼짝 않고 땅바닥만 보고 있었다.

얼마나 시간이 지났을까. 어떤 아저씨가 말을 걸어왔다. 길 건너편 가게의 주인아저씨였다.

그는 나에게 일어난 일을 처음부터 끝까지 다 본 모양이다. 그는 알아들을 수 없는 스페인어로 말을 걸어왔다. 하지만 무슨 말을 하는지 전혀 알 수가 없었다. 그는 내가 이해하지 못했다는 것을 알고는 끈기 있게 몇 번씩이나 반복해서 말해주었다. 몇 번씩 반복하는 같은 말을 천천히 들으니, 그 샤먼은 이곳에 돌아오지 않는다는 말이었다. 따라서 이곳에서 기다려봤자 소용없다는 것을 알았다.

"고맙습니다."

간신히 이 말만 하고 맥이 빠진 나는 왔던 길을 다시 걸었다. 아저씨의 걱정스러운 표정이 등뒤에 느껴졌다. 땅바닥에 고개를 떨군 채, 터벅터벅 걸어갔다. 발길 닿는 대로 적당히 골목을 돌아서 천천히 걸었다. 조금 걷다 보니 눈에 익은 길로 들어섰다는 것을 알았다. 고개를 들어보니 그 카페 앞에 서 있었다.

커피라도 마시자.

그렇게 생각하고 하늘색 문을 열었다. 카페 안은 그날처럼 맛있는 커피 향으로 가득했다. 오늘 보니 카페는 그저 평범하고 수수한 카페였다. 게시판에 붙어 있는 여러 가지 안내도 이젠 모두 수상쩍게 보였다. 카페에 앉아 있는 손님들도 너덜너덜한 옷을 입은 꾀죄죄한 히피들뿐이다. 자기 나라에 적응하지 못해서 이렇게 먼 곳까지 왔을 것이다. 모두 불쌍하고 가엾게 보였다. 자기 인생을 믿지 못하는 사람들일 것이다.

요전에 앉았던 1층은 어쩐지 마음이 편치 않아 그대로 계단을 올라가 2층으로 갔다. 계단을 다 올라가 2층으로 가니 그곳에 낯익은 얼굴이 앉아 있었다. 어제 샤먼의 가게에서 만난 일본인 여자의 남자친구였다. 그가 나를 보더니 놀란 표정을 지었다.

그리고 영어로 뭐라고 말을 했는데, 나는 역시 이해하지 못했다. 그는 그런 내 모습을 보더니, 바로 아주 간단한 영어로 천천히 말을 걸어왔다.

"무슨 일 있어요? 당신은 오늘 '성스러운 진실'을 하기로 하지 않았나요?"

그의 목소리가 친절하고 사려 깊게 느껴졌다. 그 말을 들으니 마음이 조금 편해졌다.

"음, 저도 잘 모르겠어요. 갑자기 샤먼이 어딘가로 가버렸어요."

솔직하게 말했지만, 순간 무척 창피했다. 나한테는 '성스러운 진실'과 대면할 자격이 없는 것이다. 그는 그런 내 마음을 이해했다는 표정으로 다시 천천히 쉬운 영어로 말했다.

"샤먼의 가게 바로 옆집에 가보세요. 아무도 나오지 않아도 안으로 들어가세요. 안에는 샤먼의 조수인 세바스찬이라는 사람이 있어요. 세바스찬에게 물어보세요."

내가 이해했는지 확인하려는지, 그는 부드러운 눈길로 금방이라도 울 것 같은 내 표정을 살폈다.

"네."

나는 그의 말을 잘 이해했다. 겨우 쥐어짜듯이 대답을 하자, 그는 조용히 웃더니 커피를 마셨다. 그가 마시는 커피 향에 멍해 있던 머리가 조금은 맑아지는 듯했다. 하지만 다시 샤먼의 가게에 가는 건 싫다.

아침에 일어난 일을 생각하면 마음이 무거웠다. 그냥 호텔로 가버리고 싶었다. 그가 커피를 마시면서 눈으로만 나를 슬쩍 보았다. 그의 눈은 "괜찮아요. 잘될 거예요."라고 말하는 것 같았다.

"고마워요."

그에게 영어로 인사를 하고 나는 다시 계단을 내려왔다. 그리고 다시, 샤먼의 가게로 향했다.

샤먼의 가게 앞에 도착하니 가게 앞에 있던 아저씨는 이제 없었다. 이번에는 카페에서 만난 남자가 말한 대로 가게 바로 옆에 있는 문 앞에 섰다. 이곳은 샤먼이 사는 집 같다. 초인종을 찾았다. 초인종은 벽에서 좀 높은 곳에 붙어 있어서, 키가 작은 나는 뒤꿈치를 들고 초인종을 눌러야 했다. 아무도 나오지 않았다.

다시 한 번, 이번에는 오랫동안 눌러보았다. 하지만 역시 안에서는 아무도 나오지 않았다. 삐익 하는 초인종 소리만 허무하게 울릴 뿐이었다. 역시 되돌아가는 게 좋을까. 그렇게 생각했을 때, 카페에서 만난 남자의 말이 떠올랐다.

"아무도 나오지 않아도 안으로 들어가세요."

나는 침을 꿀꺽 삼켰다. 육중한 문은 견고하게 닫혀 있다. 문을 조금 밀어보았다. 끼익. 녹슨 쇠붙이의 둔탁한 소리가 들리더니 문은 쉽게 열렸다. 그대로 문을 밀고 안으로 들어갔다.

밖에서는 몰랐는데, 문 안쪽에는 넓은 정원이 펼쳐져 있었다. 다양한 식물과 꽃이 심겨 있었다. 샤먼의 가게에서 풍기던 허브도 피어 있었다. 샤머닉 세리머니를 할 때 사용하는 것일까? 몇 개의 꽃과 허브 다발이 바닥에 놓여 있었다. 정원 안쪽으로 들어가 보니 주거를 위한 건물이 있고, 1층은 창고 같은 봉당이었다.

오래된 건물 같았다. 방문이 없어서 내실이 그대로 보였다. 테이블과 냉장고, 작은 부엌이 있었다. 테이블 앞에는 백인 남자가 앉아 있었다. 그는 의자에 편하게 앉아 있다가 내 발소리를 듣고는 이쪽을 보았다. 특별히 경계하는 태도도 없이 컵에 든 무언가를 마시면서 의자를 앞뒤로 밀었다 당겼다 하며 흔들고 있었다.

"저······."

내가 말하려고 하자 그가 먼저 말을 꺼냈다.

"세뇨라를 찾아 왔어요? 그녀는 여기 없어요."

그는 알아듣기 쉬운 영어로 그렇게 말했다. 세뇨라는 스페인어로 결혼한 여자라는 뜻이다. 그가 말하는 세뇨라는 여자 샤먼일 것이다.

"오늘 '성스러운 진실'을 하기로 약속했었어요. 하지만 그녀가 갑자기 어딘가로 가버려서."

나는 영어로 천천히 그에게 말했다.

그는 "아."라고 간단하게 말하더니, 나에게 의자에 앉으라고 손짓했다.

"차를 마실래요?"

그는 당황하는 기색도 없이 차분한 몸짓으로 마치 친구에게 차를 대접하듯이 나에게 차를 권했다. 그가 지닌 분위기에 지금까지 긴장했던 몸과 마음이 풀리는 것 같다.

"아, 네. 마실게요."

나는 일단 의자에 앉았다. 그는 여러 종류의 야생초가 부글부글 끓고 있는 냄비에 컵을 담가 물을 뜨더니 내 앞에 놓았다.

"캐모마일과 무냐 민트."

그는 야생초의 이름만 말했다. 컵에서 좋은 향이 퍼졌다. 그 향에 점점 마음이 진정되는 것을 느꼈다. 컵에 입을 대고 캐모마일과 무냐 민트를 맛보았다. 상쾌한 맛과 향이 입 안 가득 퍼졌다. 머리가 맑아지는 것 같다.

그는 천천히 벽에 세워두었던 긴 봉 같은 것을 꺼내더니 손질을 시작했다. 그 물건은 전에도 본 적이 있다. 디저리두 악기다. 호주 원주민들의 전통 악기라고 알고 있다. 내가 보고 있으니까 그가 손질을 하면서 말했다.

"디저리두라는 악기예요. 알고 있나요? 이건 내가 만든 거예요. 대나무로 만들었지요."

그러고는 봉 끝에 입을 대고 후, 하고 숨을 불어넣었다. 처음에는 숨이 새는 것 같은 소리가 났지만 점점 중후한 소리가 울렸다.

"당신은 호주 사람인가요? 여기에서 무슨 일을 하고 있나요?"

디저리두를 보면서 그에게 물었다.

"하하하!"

그가 갑자기 웃었다. 호주 사람이라는 말이 재미있었나 보다.

"나는 영국인이에요. 세바스찬이라고 해요."

카페에서 만난 남자가 알려준 이름이다.

"영국인이고 카메라맨이었어요. 여행도 사실은 촬영 때문에 온 거였어요. 그런데 점점 상업적으로 돈을 벌기 위한 사진이 싫어졌어요. 여기에서 음악을 하거나 샤먼의 조수를 하면서 유유자적하며 살고 있답니다."

그의 영어는 신기하게 이해가 잘 되었다. 내가 긴장을 하지 않았기 때문이지도 모르겠다.

"당신은 샤먼인가요?"

"설마! 샤먼은 그렇게 쉽게 될 수 있는 게 아니에요. 뭐 지금은 좀 익숙해졌지만, 진짜는 아니에요. 샤먼이 되려면 식물의 이름을 모두 알아야 하거든요."

그렇게 말하고 세바스찬은 다시 디저리두에 입을 대고 공기를 불어넣었다. 저음이 새어나왔다.

"이건 내가 그렸어요. 잘 그렸죠?"

세바스찬이 디저리두 표면에 그려진 모양을 나에게 보여주었다. 검정색 잉크로 그린 신기한 그림이었다. 그가 말한 대로 꽤 잘 그린 그림이다.

"저도 그림을 그려요." 작게 말했다.

"아, 그래요?"

"네."

그리고 더는 아무 말도 하지 않았다. 마이크가 물었을 때처럼 휴대전화로 그림을 보여주는 것조차 귀찮았다.

"그럼 내가 디저리두를 불 테니, 당신은 그림을 그리세요."

그렇게 말하더니 일어나서 선반에 놓여 있던 종이와 펜을 갖다 주었다.

"이거면 되죠?"

세바스찬은 종이와 펜을 책상 위에 던지듯이 놓았다.

"예? 예."

내가 대답하기도 전에 세바스찬은 디저리두 끝에 입을 대고 다시 공기를 불어넣는다. 준비가 되었는지, 나에게 눈짓으로 신호를 보냈다. 나도 종이를 펼치고 볼펜을 집어 들었다. 삼색 볼펜의 검정색을 눌렀다. 종이에 볼펜을 대니 조금 떨렸다. 그림을 그리는 건 정말 오랜만이다.

내가 준비가 된 것을 확인하더니 세바스찬은 크게 숨을 들이마셨다. 그리고는 디저리두 끝에 입을 대고 힘 있게 숨을 불어넣었다. 낮은 중저음의 디저리두 소리가 방 안을 채우며 떠다녔다.

까 마 귀 꿈 을 꾸 었 어

세바스찬의 디저리두 연주에 맞춰 나도 펜을 움직였다. 대나무로 만든 독특한 관에서는 물결치는 듯한 중저음이 울려나왔다. 그 소리는 내 몸 구석구석을 진동시켰다. 오직 그 진동에 몸을 맡긴 채 아무런 생각도 하지 않고 펜을 움직였다.

하얀 종이에 구불구불한 선이 만들어졌다. 그 선은 형태가 되고, 줄기가 되고, 가지가 되어, 어느덧 커다란 한 그루의 나무가 되었다. 그것은 내가 여행을 떠나오기 전부터 계속 그려왔던 그 '한 그루의 나무' 그림이었다. 이 작은 마을의 상징이기도 하고, 마추픽추에서 만난 마이크가 본 나무이기도 했다. 소리의 진동과 내 팔이 하나가 되고 있었다. 세바스찬의 호흡과 나의 호흡은 함께 들이쉬고 내쉬기를 반복했다.

정말 기분 좋은 순간이었다. 멋진 앙상블이었다. 나는 아무 생각 없이 악기의 진동에 몸을 맡겼다. 얼마 후 세바스찬의 악보도 없는 즉흥 연주가 곧 끝나리라는 것을 알았다. 연주가 끝나는 순간에 맞춰 내 그림도 마무리되고 있었다. 마지막으로 언제나 그리는 정삼각형 모양을 그려 넣고 까마귀 몇 마리를 날게 한 후, 우리는 딱 맞게 모든 진동을 끝냈다.

20분 정도 흐른 것 같다. 하지만 영원 같기도, 찰나 같기도 했다. 방 안이 차분하게 가라앉고 귓가에는 여운만 남아 있었다. 세바스찬도 나도 똑바로 한 점을 응시한 채 서로의 호흡을 가다

듬었다.

"하하하!"

갑자기 세바스찬이 혼잣말처럼 웃었다. 그가 웃는 소리는 이 공간의 분위기를 조금 다르게 바꾸었다. 그의 기분을 잘 알기 때문에 행복했다. 나도 웃었다. 훌륭한 앙상블이었다.

세바스찬은 마침내 내가 그린 그림에 눈길을 주었다. 흐음 하고 뭔가 알겠다는 듯한 표정이었다. 그러더니 뭔가 읽어내려는 듯 물끄러미 그림을 보았다.

"멋진 나무네요. 그런데 이 나무를 보고 있자니, 갑자기 어젯밤 꿈이 떠오르네요."

"네? 꿈이요?"

내가 물었다.

"그래요. 어젯밤에 꿈을 꾸었어요. 하지만 이 그림을 보기 전까지는 꿈을 꾸었다는 사실도, 꿈 꾼 것을 잊어버렸다는 사실도 모두 잊고 있었네요. 꿈에서 마지막에 본 장면, 그것만 지금 생각나요."

그는 머릿속에 희미하게 떠오르는 꿈을 기억하려고 애쓰고 있었다.

"RAVEN, 맞아요, RAVEN이에요. 그 글자만 분명히 기억나요. 무슨 의미였는지는 모르겠지만."

나는 혼잣말처럼 중얼거리는 그의 말을 조용히 듣고 있었다.

내 몸 깊은 곳이 조용히 진동해 열기가 오르는 것 같다. 눈도 깜박거리지 않고 그를 바라보았다.

"당신은 의미를 알고 있나요? RAVEN이라는."

나는 아무 말도 하지 않은 채 그의 말에 고개를 끄덕였다.

여자 샤먼과 세바스찬이 있는 곳을 나와 언덕길을 올라 호텔로 걸어갔다.

그에게 RAVEN은 큰 까마귀라고 알려주었다.

"그래요? 그저 평범한 새였나요? 그런 새도 있군요."

세바스찬에게는 별로 중요하지 않았던 것 같다. 그가 기대한 대답보다 시시했던 모양이다. 하지만 나에게 "RAVEN 꿈을 꾸었다."는 세바스찬의 말은 아주 중요했다. 그때 그린 한 그루의 나무의 의미이며, 세바스찬을 만난 의미이기도 했고, 이 일련의 흐름에 대한 대답이기도 했기 때문이다.

호텔로 돌아가는 포장되지 않은 울퉁불퉁한 언덕길을 천천히 걸어서 갔다. 다시 나는 표지(標識)를 읽으려 하고 있다. 어느새 언덕 중간의 중앙로까지 왔다. 그 커다란 나무가 아침과 다름없이 서 있었다.

아침에 샤먼이 가버렸을 때, 나는 나쁜 표지라고 생각했다. 당황스럽고 부끄러웠다. 불안이 엄습했다. 하지만 어쩌면 그렇지 않은지도 모르겠다. 세바스찬과 함께한 앙상블과 세바스찬의 꿈 조각이 내 안에서 분명히 긍정적인 울림을 남기고 있었다.

"그래."

혼잣말처럼 중얼거렸다. 긴 언덕길을 다 올라가 호텔에 도착했다. 호텔에 도착해 내 방에 들어가자마자 침대에 쓰러졌다. 몸이 힘들었다고 생각했는데, 힘든 것은 마음이었을 것이다.

이 마을에 온 다음부터는 하루가 길다. 침대에 누워 눈을 뜬 채 멍하니 있었다. 루카가 있던 침대가 눈에 들어왔다. 아무것도 생각하고 싶지 않았다. 배도 고프고 빨래도 해야 한다. 몇 시간 뒤에는 플루트 콘서트에 가야 한다.

그러고 보니 오늘 '성스러운 진실'이라는 의식을 했더라면 콘서트는 가지 못했을 것이다. 그런 생각을 하니, 이것도 표지일까? 하는 생각이 들었다. 하지만 표지를 읽는 일은 그만두자.

내 몸은 납덩이처럼 무거웠고 나는 침대 위에서 꼼짝도 하지 않았다. 그대로 30분 정도 누워 있었다. 갑자기 방문을 두드리는 소리가 들렸다. 겨우 상반신을 일으켜 문 쪽으로 얼굴을 돌렸다.

누구지? 호텔 주인인가? 숙박비는 체크아웃할 때 준다고 했는데……

"네!" 하고 대답을 하는데 동시에 문이 열렸다.

열린 문틈으로 그림자가 움직이더니 누군가 얼굴을 내밀었다.

"마호! 있었구나!"

들어온 사람은 세상에, 루카였다!

"어? 어쩐 일이야? 쿠스코는?"

나는 놀라서 물었다. 루카가 여기에 서 있다는 게 믿어지지 않았다.

"그러게 말이야. 나도 깜짝 놀랐다니까."

루카가 방으로 들어와 자기 침대에 짐을 내려놓았다.

"마호, 오늘 플루트 콘서트 갈 거지?"

"응, 가야지."

도대체 콘서트와 무슨 관계가 있다는 말인가.

"그때 쿠스코에 가서 뮤지션 부부를 만났거든. 그리고 얘기를 하다 보니, 다음 날 콘서트 때문에 쿠스코를 떠난다는 거야."

그 부부는 아살라토 뮤지션이다. 루카는 소원하던 뮤지션을 만난 거고. 그런데도 아직 무슨 뜻인지 몰라 그저 눈만 껌벅거리고 있었다.

"듣고 보니, 마호가 간다는 그 플루트 콘서트랑 같은 거야!"

응? 그래도 잘 모르겠는데?

"무슨 뜻인지 모르겠지? 그러니까 마호가 초대받은 플루트 콘서트에서 그 뮤지션이 같이 연주한다는 거야. 같은 콘서트라는 거지!"

"뭐? 정말?"

이런 일도 있을까? 어떻게 하면 이렇게 이어지나? 우연이라고 하기엔 너무 작위적이다. 어제 나는 이곳에 남고 루카는 쿠스코에 갔는데, 오늘 우리는 다시 같은 장소에서 만났다. 루카가 돌아온 것이다. 나는 다시 혼란스러워졌다.

"게다가 말이야, 그 부부, 얼마 전에 이 마을에 왔을 때 '성스러운 진실'을 했대. 그 얘기도 들었어. 그 샤먼을 소개해준다고 했어. 타이밍이 온 거야. 마호, 같이 '성스러운 진실'을 하자!"

뭐가 뭔지 모르겠다. 루카에게 어떻게 설명을 하면 좋을까. 루카가 이곳에 되돌아오기 전에 엄청나게 긴 이야기가 있었다는 것을 어떻게 설명하면 좋을까. 그 이야기의 중요한 마지막 조각을 루카가 가져왔다는 것도 이야기해야 한다.

내가 읽은 표지는 틀리지 않았다. 그리고 다시 표지를 믿기로 했다. 모든 것이 완벽했고 조각은 딱 맞았다. 나의 이해를 훨씬 초월한 형태로. 때로는 순간의 판단조차 평가 절하해버리는 거대한 관점에서.

하지만 반드시, 목적지에 데리고가는 것이다.

"아, 피곤해. 마호도 플루트 콘서트 갈 거지? 시간이 얼마 남지 않은 것 같은데?"

루카가 아무 일도 없었던 사람처럼 불쑥 말했다.

"아, 응. 그렇지."

나도 얼떨결에 대답했다. 그리고 서둘러 준비하고 밖으로 나갔다. 내 눈앞에 다시 눈에 익은 색 바랜 윈드브레이커의 뒷모습이 있었다. 루카가 씩씩하게 문을 열었다.

바깥은 이미 어두워졌다. 우리는 문밖으로 나와 다시 둘이서 걸어갔다.

성 스 러 운 진 실

'성스러운 진실'은 닷새 후에 하기로 했다. 루카와 나는 호텔 주인에게 앞으로 일주일 간 더 머물 계획이라고 알려주었다. 그런데 이 닷새 동안이 나에게는 너무 힘든 시간이었다. '성스러운 진실'을 하려면 준비가 필요했다. 몸과 마음의 준비였다. 준비하는 동안에는 먹을 수 있는 음식도 정해져 있었다. 고기나 콩류, 소금과 조미료, 기름, 맛이 강한 채소는 먹을 수 없다. 먹어도 되는 음식이 극히 한정되어 있다.

'성스러운 진실'이라는 의식을 맞이하려면 몸을 깨끗하게 해야 하기 때문이다. 정말 쉬운 일이 아니었다. 준비 기간부터 이미 '성스러운 진실'이 시작된다고 해도 과언이 아닐 것이다. 기름을 먹어서는 안 되기 때문에 조리된 음식을 먹을 수 없었다. 거의 과일만 먹었다. 가끔 밥을 짓기도 했지만, 밥에도 맛을 첨가할 수는 없었다. 과식을 해도 안 되기 때문에 만족스런 식사를 할 수 없었다.

먹는 것을 좋아하는 나는 둘째 날부터 불평이 터져 나왔다. 그리고 몸이 적응하지 못하고 체온이 자꾸 떨어졌다. 하루 종일 이불 속에 있어도 손발 끝까지 차가웠다.

"루카, 더는 못할 것 같아."

"그럼 하지 마."

이날을 위해 지금까지 준비해온 루카로서는 어중간한 태도로 '성스러운 진실'을 하려는 사람이 옆에 있다는 게 결코 기분 좋은 일은 아닐 것이다. 마지못해 코카차를 끓여 공복을 달랬다. 몸이 차가워져서 잘 때도 두꺼운 양말을 신고 잤다. 식사 제한이 이렇게 힘들 줄이야. 얼른 '성스러운 진실'이 끝나길 바랐다. 어서 이 고통으로부터 해방되어 먹고 싶은 것을 배부르게 먹고 싶었다. 그리고 셋째 날, 충격적인 일이 일어났다.

"마호, 나 이번엔 안 할래."

"응? 왜?"

그것은 루카의 선언이었다.

"어제 샤먼을 만났잖아. 뭐랄까, 이거다 싶은 생각이 들지 않았어. 지금은 타이밍이 아닌 것 같아. 내 판단을 믿을래."

순간, 식사 제한이 힘들어서 그런가? 하고 생각했지만, 루카의 태도를 보면 그건 아닌 것 같았다. 루카의 순수하고 진지한 결단이었다.

"그, 그래. 알았어."

이렇게 말하는 나도 그만두고 싶었다.

"마호는? 할 거지?"

루카가 물었다. 어제 루카와 나는 샤먼을 만났다. 샤먼은 남자이고 약간 무서운 인상에, 말이 없는 사람이었다. 하지만 크고 투명한 눈이 인상적이었다. 나는 그에게 호감을 가졌다. 그리고 무엇보다 여기까지의 표지를 믿고 싶었다.

"응, 나는 할래."

다시 한 번, 내 입으로 그렇게 결정했다. 하지만 배고플 때마다 인내심을 시험받는 기분이었다. "너 정말 할 수 있겠어?"라고.

그렇게 닷새째가 되었고, 마침내 내일은 '성스러운 진실'의 날이다. 마지막 날은 식사 제한이 더욱 가혹했다. 점심 이후에는 물 말고 아무것도 먹지 못했다. 내 몸도 거의 한계에 다다랐다. 내일 '성스러운 진실'을 하게 되었다는 것보다 곧 모두 끝나고 밥을 먹게 된다는 것이 더 기뻤다. '성스러운 진실'을 끝내고 나면, 다음 날부터는 배가 터지게 먹을 것이다!

그날 저녁 누군가 방문을 노크했다. 문 밖에 호텔 주인이 서 있다.

"누가 마호를 찾아왔어."

마침 루카가 외출하고 있는 때여서 방에는 나 혼자였다.

누구지?

밖에 나가보니, 샤먼과 여자 조수 둘이 서 있었다. 저녁의 어슴푸레한 풍경을 배경으로 서 있는 세 사람의 풍모가 압권이었다. 굉장한 존재감이다.

"마호, 연기한다."

"네?"

"모레다. 하루 더 식사를 주의하도록."

그렇게 말하더니 휙 등을 돌리고 가버렸다. 거, 거짓말. 이 가혹한 식사 제한을 하루 더 하라니. 그리고 그날 밤도 거의 먹지 못한 채 모레를 기다리게 되었다.

저녁, 중앙로 근처의 '파란 라마'라는 건물 앞에서 만나기로 했다. 나는 체력이 다 떨어져서 맥이 다 빠졌다. 체온도 전혀 오르지 않았다. 여전히 중앙로에는 그 한 그루의 나무가 우뚝 서 있다. 거대한 산과 석양이 비추는 오렌지 빛 공간을 배경으로 그 한 그루의 나무는 더욱 존재감을 과시하고 있었다.

시간이 되자 이쪽저쪽에서 참가자들이 모여들었고 곧 출발했다. 10명 남짓한 사람. 페루 현지인 여자와 히피와 유럽계 여행자, 50세 전후의 부부 등 인종과 연령이 매우 다양한 사람들이 모였다. 스페인어를 할 줄 모르기도 했지만 무엇보다 너무 배가 고파서 아무와도 말을 하고 싶지 않았다.

작은 마을에서 나와 30분 정도 걸었다. 마을을 벗어나자 집도 거의 없고 밭만 보였다. 하늘은 어느새 어두워지고 둥근달만 뚜렷하게 모습을 보이고 있었다. 우리는 산을 오르기 시작했다. 아무도 말하는 사람이 없다. 얼마나 올라갔을까. 마침내 눈앞에 집 한 채가 보였다.

"다 왔다. 여기다."

샤먼이 이렇게 말하고 집 안으로 들어갔다.

그 집은 전기도, 가스도, 수도도 없었다. 초가 몇 개 놓여 있어서 집 안의 밝기를 지켜주고 있었다. 물도 바깥에 있는 샘에서 떠서 통에 담아 와야 한다. 집 안 전체가 촛불의 어둡고 부드러운 오렌지 빛으로 싸여 있다. 신기한 공간이다.

샤먼의 준비가 모두 끝났을 때에는 밤 12시가 넘은 시간이었다. 밖은 칠흑 같은 어둠이었다.

"모두 위로. 이제 시작이다."

샤먼이 천천히 말하더니 과일을 수북이 담은 접시를 가지고 2층으로 올라갔다.

2층 방은 넓었다. 매트리스와 이불, 담요가 깔려 있었다.

"어떤 신을 믿든, 어떤 종교를 가지고 있든, '성스러운 진실'은 하나다."

누군가의 질문에 샤먼이 단호하게 대답했다. 모두 각자 맘에 드는 곳을 찾아 앉았다. 나도 앉을 곳을 찾고 있었는데,

"마호, 너는 여기 앉아."

샤먼이 커다란 눈으로 나를 보면서 맞은편의 벽 쪽을 손가락으로 가리켰다.

"예."

나는 샤먼이 하라는 대로, 지정해준 곳에 조용히 앉았다. 한

가운데 앉은 샤먼이 주위를 둘러보며 조용히 입을 열었다.

그는 영어로 설명했다. 스페인어보다는 영어를 할 줄 아는 참가자가 많았기 때문일 것이다. 하지만 나는 그가 무슨 얘기를 하는지 거의 알아듣지 못했다. 배도 고프고 춥고 집중력도 한계에 다다랐다.

얼른 끝내주면 좋겠다. 불경스럽게도 나는 끝난 후에 밥 먹을 생각만 하고 있었다. 샤먼의 설명이 오른쪽 귀로 들어가 왼쪽 귀로 빠져나왔다. 그런데 빠져나가는 샤먼의 말 중에 하나가 귓속에 머물렀다.

"왜 '성스러운 진실'을 하는가. 그 이유만큼은 반드시 알아두어야 한다."

나는 왜 성스러운 진실을 만나려고 하는 걸까? 돌아가지 않는 머리로 잠시 생각했다. 계기는 루카가 같이 하자고 한 것이었다. 하지만 루카는 하지 않는데도 나는 혼자서 하기로 결정했다.

왜 나는 이곳에 있는 걸까?

너무 배가 고팠다. 머리도 잘 돌아가지 않는다.

나는 왜 여행을 떠났을까? 여행을 떠나기 전의 일이 하나씩 떠올랐다. 이곳으로 이끈 수많은 우연, 이윽고 '성스러운 진실'에 이르게 된 과정, 마키 아줌마와 야요이 씨, 비행기에서 만난 일본인 여성, 숙소의 주인, 료니 씨와 루카, 그리고 수많은 표지들. 노트에 적어놓은 말이 눈앞에 어른거린다.

무엇을 위해 태어나 무엇을 하며 사는 걸까?

대답할 수 없다는 거, 그런 건 싫어!

그 가사를 발견했을 때, 몸 안의 피가 빠르게 돌아가는 것 같았다. 여행이 끝나면 내가 무엇을 위해 태어나 무엇을 하며 살아야 하는지에 대해 제대로 답할 수 있게 되면 좋겠다.

왜 나는 '성스러운 진실'을 하는 걸까? 그때 쿠스코 숙소의 침대에서 결정한 이 여행의 목적이 샤먼의 질문에 대한 나의 대답이었다. 샤먼의 말이 끝났다. 그리고 '성스러운 진실' 의식이 조용히 시작되었다.

샤먼이 한 사람씩 부르면, 그 사람은 양손을 옆으로 벌리고 샤먼 앞에 섰다. 잠시 후 샤먼이 나도 불렀다.

샤먼은 입 안에 공기를 머금은 것 같은 소리로 알아들을 수 없는 주문 같은 말을 하면서 내 몸에서 약간 떨어진 곳을 쓰다듬듯이 정성스럽게 손을 움직였다. 이윽고 샤먼의 손이 내 등 가까이 와서 다리 사이를 빠져나가더니 끝났다. 나는 계속 눈을 감고 있었다. 샤먼이 하는 알아들을 수 없는 말이 귓속에서 맴돈다. 신비스런 감각이다.

"오케이."

끝으로 그렇게 말하자, 나도 다른 사람들처럼 원래 자리로 돌아갔다. 준비해놓은 나일론 침낭에 발을 넣고 안으로 쑥 들어갔다. 그대로 어둠 속에서 천정을 보고 누웠다. 따뜻한 침낭은 나만의 세상 같아서 안심된다. 잠시 동안 그 나만의 세상에서 아이처럼 느긋하게 쉬었다.

모두 끝난 걸까?

그렇게 생각한 것도 잠시, 눈이 금세 빙글빙글 돌기 시작했다. 정말로 아주 짧은 시간밖에 지나지 않았다. 식사 제한을 엄격하게 지켰기 때문일까, 다른 참가자보다 먼저 변화가 오고 있다는 것을 알 수 있었다. 사람들이 콜록거리는 소리와 담요가 부스럭거리는 소리가 점점 멀어져갔다.

아무런 저항도 하지 못한 채, 그 소용돌이 속에 깊이깊이 빠지고 있었다. 소용돌이 속에 떨어지면서 점점 지금까지 경험한 적이 없는 감각으로 바뀌고 있다는 것을 알 수 있었다. 머리로는 생각할 수 없게 되고, 순수하고 솔직하고 꾸밈없이 드러내는 감각만 남아, 어느새인가 깊고 깊은 어둠 속에 들어가 있었다.

커다란 빛이 다가왔다. 빛은 마치 불새 같았다. 암컷인지 수컷인지도 알 수 없고, 빛처럼 분명한 형태도 아니었다. 불새처럼 보였지만 팔랑팔랑 날아다니며 형태를 바꾸었다.

그립고 반가운 마음이 들었다. 나는 그것이 낯설지 않았다. 불새 같은 그것은 모두 알고 있는 것처럼 느껴졌다.

"따라 와."

목소리가 없는 말이었지만, 무슨 뜻인지 분명히 알 수 있었다.

그곳은 아름다운 별이 온 하늘에 가득 펼쳐져 있었다. 시야를 가로막는 것 없이 그저 깊은 밤이 펼쳐져 있었다.

나는 배 끄트머리의 나무판자에 머리를 기대고 별밤을 바라보고 있다. 내 작은 몸이 배 끄트머리까지 꼭 맞게 들어가 안정감이 있었다. 두껍고 무거운 회색 담요를 얼굴까지 올려 까칠까칠한 촉감을 느낀다.

배에는 가족들이 타고 있는데, 어른들은 동이 트기를 기다리며 노를 젓는다. 가족 중에는 부모님만 있는 게 아니라, 가까운 친척들도 있다. 갈색 피부에 매부리코를 가진 사람의 옆모습이 사방을 경계하며 먼 곳을 바라본다. 가운데 가르마를 탄 검은 머리에 이마에는 기하학무늬로 짠 천을 두르고 있다. 가족들을 밝히는 오렌지색 불빛은 아주 따뜻했다.

나는 다시 별이 가득한 하늘을 보았다. 따뜻한 불빛과 함께 우리를 태운 배는 빠르지는 않아도 분명히 앞으로 나아가고 있었다. 가슴이 아늑함과 따뜻함으로 충만했다. 이 행복한 기분이야말로 가장 소중한 것이다. 배가 앞으로 나갈 때 들리는 나지막한 물결 소리와 풀벌레 소리와 새소리만이 밤하늘을 더욱 아름답게 만들어주고 있었다.

세차게 달리는 말발굽 소리와 은갈색 모래 먼지를 뿌리며 말에 탄 사람들 무리가 지나갔다. 무리에는 사람들이 무척 많았고 어쩐지 심상치 않은 분위기로 요란스럽게 어딘가로 향했다.

나는 그것을 바로 옆 절벽 위에서 훔쳐보고 있었다. 내가 있는 곳은 그 무리가 지나간 길에서 벗어난 절벽 위였다. 아무도 이쪽의 기척을 알아채지 못했다. 알아챘다고 해도 얼른 숨을 수 있을 것이다. 나 말고도 옆에서 숨을 죽이고 훔쳐보고 있는 일행이 서너 명 있다.

나는 희끄무레한 삼베로 짠 옷을 입고 있다. 반바지였는지, 무릎에 돌이 박혀 아팠다. 무리의 행렬은 끊일 것 같지 않다. 그 정도로 많은 사람들이 지나가고 있다. 은갈색 모래 먼지에 뒤범벅이 되었지만 우리는 계속 참으며 그 모습을 훔쳐보았다.

다시 밤이었다. 위에서 뒤집어쓰듯이 입는 길고 하얀 원피스 차림에, 나와 나호는 뱅글뱅글 춤을 추고 있다. 그때 나호는 나호라는 이름이 아니었고, 나도 마호라는 이름이 아니었다. 그래도 우리는 여자였다.

아주 높은 절벽 끝에서 우리는 춤추고 있다. 왜냐하면 오늘은 달이 중요한 장소를 가리키는 날이기 때문이었다. 우리는 초승달과 보름달이 농사에 얼마나 중요한 의미를 지니는지 알고 있다. 동지와 하지의 중요함을 알고 있다. 해와 달의 법칙이 우리

몸 전체를 움직인다는 것을 알고 있다.

　우리는 절벽 끝에서 춤을 추고 맞은편에서는 어른이 불을 지피고 있다. 우리가 있는 쪽의 온기는 약하고 어렴풋하지만, 맞은편에는 불이 활활 타오르고 있다. 선택받은 어른이 밤새도록 불을 관리하고 있다.

　나는 몇백 명이나 되는, 내가 아닌 나와 만났다. 그것은 남자이기도 여자이기도 했다. 시대도 성별도 지역도 언어도 말도 달랐다. 하지만 그 사람이 나라는 것은 알 수 있었다. '안다'는 것은 쉽게 말해, 입에 스프를 머금었을 때 그 감각은 오로지 나에게만 퍼져나가듯, 그 순간 내 감각이 분명 그들 속에 있었다는 말이다.

　그것은 꿈도 아니었고 지금까지 체험한 적도 없는 것이었다. 하지만 모두 분명한 나였다. 그리고 내가 느끼고 있는 것은 언제나 달라지지 않았다. 아프거나 외롭거나 행복하거나 기쁜 감각. 지금도 생활 속에서 느끼는 것을 그때도 느끼고 있었다.

　그리고 꿈속에서처럼 시간에 전혀 관계없이, 책장을 빠르게 넘기며 만화를 보듯이, 한 번에 여러 가지 '나'가 스쳐 지나갔다. 페이지 하나하나는 매우 섬세하고 장대했지만 크게 보면 한순간에 후딱 지나가버린 느낌이었다.

　시간은 언제나 찰나이며 영원이었다. 그리고 그것은 같은 의미였다. 펼쳐진 노트의 페이지가 1987년 4월 24일이 되자, 나는 바깥쪽이 잘 보이지 않는 불투명한 막 같은 것 속에서 작은 빛을 느꼈다. 핑크색 막의 안쪽에서 발버둥치고 있었다. 그리고 순식간에 하늘색 빛으로 바뀌고 수많은 색깔이 있는 곳으로 나갔다. 불빛이 너무 눈부신 그 속으로. 갑자기 몸이 무거워진다. 제대로 된 몸을 가진 분명한 감각 속으로. 1987년 4월 24일, 나는 태어났다.

엄마의 자궁을 통해 '마호'로서. 약속한 대로 쌍둥이 '나호'와 함께.

그 순간, 내 마음에서 엄청나게 상냥하고 부드러운 것이 넘쳐 나를 채우고 따뜻하게 감싸주었다. 행복이 충만했고, 그저 그것만으로도 모든 것이 용서되기에 충분했다. 눈에서 끊이지 않는 따뜻한 한 줄기의 눈물이 주르륵 뺨을 타고 내리고, 그 순간은 몸으로 그것을 느끼고 있다.

얼마나 행복한가.

그렇게 생각하는 마음이 영원히 계속되다가 한순간 사라졌다. 그리고 그 깊은 곳에 이상한 마음이 존재하고 있다는 것을 알아챘다. 그것은, 말하자면 위화감이었다. 다소 거부하는 마음이 있었다. 체험했던 것은 모두 사실이다. 나만은 그것을 확실하게 알 수 있다. 내가 보고 싶어 했던 것을 남김없이 본 것 같다.

분명히 그랬다. 그런데 왜 그런지 꺼려진다. 왜 그럴까.

인간으로서 모든 것을 다 보았다. 어딘가에서 목소리가 들렸다. 그 불새일까?

"더 보고 싶습니까?"

그것은 또 목소리가 없는 말이었다. 순간 나는 "예." 하고 대답했다. 마찬가지로 목소리가 없는 말이었다. '예' 말고는 말하지 않았다.

대답은 언제나 깊은 곳에 있었기 때문이다. 언제나 그와 반대되는 것은 없다. 사실은 '있다'는 것밖에는 존재하지 않는다. 순식간에 체험이 달라졌다. 그것은 내 인생에서 가장 잊을 수 없는 공포체험이었다.

갑자기, 깊고 깊은 소용돌이의 바닥에서 순식간에 끌려나오듯, 내 눈이 떠졌다. 그리고 바로 이변을 느꼈다. 손, 눈, 혀, 코, 모든 감각이, 감각이 아니었다.

나는 그때 좁고 작은 침낭 안에 있었다. 나는 얼른 내 몸을 만졌다. 몇 번이나, 몇 번이나 손으로 쓰다듬듯이 옷 위에서 내 몸을 만졌다. 그런데 '만진다'는 감각이 없다. 없다고 해야 할까, 여느 때와 달랐다. 내가 만지고 있는지 아닌지조차 알 수 없었다. 도대체 무슨 일이 생긴 건지 알 수 없었다.

나는 혼란스러웠고 무서웠다. 그다음에는 눈앞에 있는 침낭 안의 헝겊을 만져보았다. 손으로, 늘 하던 대로, 나일론의 감촉을 몇 번이나 쓰다듬어보았다. 그런데 손으로 침낭을 만지려고 해도, 만질 수가 없었다. 만졌는지도 모르겠다. 만진다는 감각이 없었다. 어디까지가 내 손이고, 어디까지가 침낭인지조차 알 수 없었다. '만진다'는 것이 어떤 것인지 알 수 없게 되었다.

나는 너무 놀라 확실한 감각을 찾으려고 했다. 다음에는 엄지손가락의 손톱뿌리를 앞니로 세게 깨물었다. 몇 번이나, 몇 번이나 깨물었다. 하지만 깨무는 감촉도, 엄지손가락의 통증도 아무것도 없었다. 몇 번씩이나 같은 행동을 반복하니 '아프다'는 감각이 어떤 것이었는지 알 수 없게 되었다.

무언가에 닿는다는 것이 어떤 것인지 알 수 없게 되었다. 보는 것도 불가능했다. 내 눈으로, 늘 하던 대로 물끄러미 바라보았다. 분명히 내 '눈'으로 응시했다. 그런데 손가락을 볼 수 없었다. 손끝도, 모두 입자처럼 계속 변해 흔들흔들 흔들리고 있는 것처럼 보인다. 늘 하던 대로 눈을 비벼도, 눈으로 보아도, 손가락을 '손가락'으로 파악하는 게 불가능했다.

나는 너무 당황해서 쩔쩔맨다. 생각하고 싶다. 내가, 바로 내가, '손가락'을 손가락으로 보기 때문에 '손가락'인데, 내가 이 눈으로 어떻게 보아도, 그것이 '손가락'으로 보이지 않게 되면 과연 무엇이 확실한 것일까?

내가 세상을 명확하게 느낄 수 없게 되었을 때 비로소 알게 되는 것이 있다. 확실한 것은 없다는 것이다. 나는 속이 울렁거려서 침낭에서 얼른 몸을 뺐다. 그리고 침낭 밖의 세상으로 나왔다. 분명히 조금 전에 내가 누웠던 곳이다.

촛불을 켠 걸까? 아니면 눈이 어둠에 익숙해진 걸까? 방 전체가 균일한 오렌지색으로 희미하게 어두웠다. 그래도 주변의 모습은 분명히 보였다. 앞에는 샤먼이 책상다리를 하고 앉아 있다. 다른 사람들은 각자 담요를 덮고 있거나, 벽에 기대 앉아 있다. 내 옆에는 백발의 할아버지가 앉아 있다. 그가 있다는 사실에 다소 안심이 된다.

너무 무서워서 견딜 수 없는 이 상황을 어떻게든 전달하려고 했다. 손을 뻗어, 옆에 앉은 할아버지의 팔을 만졌다. 그런데 그 감촉은 돌이라도 만진 것처럼, 매끈하고 딱딱했다. 분명히 부드러운 옷 위를 만졌을 텐데. 눈으로는 분명하게 옷의 부드러운 주름이 보였다. 하지만 파도에 깎인 바닷가의 돌처럼 차갑고 딱딱한 감촉밖에는 없었다.

그 할아버지가 고개만 돌려서 나를 본다. 그 얼굴은 료니 씨였다. 나는 소리가 되어 나오지 않는 소리를 지르며, 그의 얼굴을 응시했다.

이럴 수는 없어! 내 눈으로 제대로 보고 있단 말이야!

그렇게 생각하고 더 가까이 다가가 분명히 내 눈으로 보았다.

더욱 가까이, 더욱 확실하게, 눈을 집중해서 보았다. 정신을 똑바로 차리려고 했다. 얼굴의 주름, 깊은 눈, 높은 코, 모든 것이 료니 씨였다. 분명히 내 눈으로 보았다.

이런.

어이가 없다. 그래도 그가 료니 씨가 아니라는 것은 알고 있다. 하지만 아무리 자세히 보아도 료니 씨였다. 그 남자가 싱긋 웃는다. 여전히 료니 씨의 얼굴을 한 채로, 나한테 손을 뻗는다. 그 손 역시 묘한 슬로 모션으로 내 눈앞에서 커졌고, 그리고 돌처럼 딱딱해지더니 내 얼굴을 감쌀 정도의 크기가 되었다. 순간 나는 무서워졌고, 얼른 침낭 안으로 다시 들어갔다.

싫어, 정말 싫어.

나는 침낭 안에서 부들부들 떨었다. 나쁜 꿈을 꾼 것 같았다. 그래도 한 가지 알 수 있는 것은, 이것이 모두 진짜 체험이라는 것이었다. 내 몸으로 체험하고 있는 것이다. 꿈이나 비전이 아니었다. 하지만 눈으로 보고 만지는, 평소에 확인하는 방법으로는 확인할 수 없었다. 무엇이 정말이고, 무엇이 잘못되었는지조차 알 수 없었다.

또 조금 확실한 감각에서 다시 감각이 없는 감각으로 들어갔다. 침낭 안의 나일론의 일부를 보고 있다. 이젠 아무것도 생각하지 않겠다고 머리가 말했다. 그러자 침낭의 나일론 섬유 속으로 내가 들어가는 것을 알았다.

몸의 감각은 없다. 나일론과 나의 구별도 할 수 없다. 그러고는 다시 조금씩 나의 평소 감각에 가까워져서 손과 발을 뻗어보고 싶어졌다. 침낭은 작고 좁다. 몸을 뻗는 건 불가능할 터였다. 하지만 거기에 크기 따위는 없다. 확실한 것은 없었으니까.

그렇게 생각하니 몸을 정말로 크게 뻗을 수 있었다. 손과 발을 마음껏 위로 옆으로, 운동할 때 뻗는 것처럼 힘껏 뻗었다. 손끝과 어깨 끝까지, 근육이 제대로 뻗어 있는 것을 알 수 있다. 발도 발끝까지 마음껏 움직였다. 침낭 안에서조차 내 손발을 방해하는 것은 없었다.

뭐지? 정말 물체의 크기는 상관이 없네.

그렇게 생각하니, 이번에는 갑자기 침낭이 작게 느껴졌다. 침낭은 작고, 작고, 작아져서, 자신의 몸이 어디에 있는지 알 수 없게 되었다. 나는 발목을 잡고 아기처럼 둥글게 몸을 말았다. 그리고 어느 새인가 내 발목과 발목을 잡고 있는 손도 알 수 없게 되어, 작게 접은 몸도 모두, 호흡을 하고 있는 입과 폐도 모두 균일하게 흔들리고 있는 입자 형태의 분자가 되었다.

둥글게 만 내 몸 전체가 입자의 혼이 되어 거기에 존재했다. 내 몸을 만들고 있는 것은 틀림없는 같은 물질이었다. 그리고 이 침낭도, 바닥도, 천정도, 다른 모든 것도 같은 물질이었다.

샤먼이 노래를 부르기 시작했다. 페루에 전해 내려오는 민요

인 것 같다. 그 노래도 내 몸과 그리고 다른 모든 것과 같은 물질로 이루어져 있었다. 연기처럼 섬세한 입자를 가진 파스텔 컬러로 물결치는 음악이 천정 높은 곳에서 모든 것을 감싸듯이 내려왔다.

음악은 나도 함께 데리고 가버리는 것 같다. 나도 음악의 일부가 되어 안개 같은 섬세한 입자 안으로 들어가 늘어지고 흔들리고 흘러갔다. 음계에는 멋쩍은 것도, 간지러운 것도 있었다.

"하하하."

나는 작게 웃었다. 그 소리로 다시 천천히 처음에 있던 곳으로 돌아갔다. 모든 것이 불확실하고 형태가 없었다. 그러나 유일하게 변하지 않는 것은 세상은 계속 변화하고, 한순간도 같지 않다는 것이었다.

내 몸도, 눈에 보이는 모든 물질도, 음악도, 냄새도, 그리고 생각조차 모든 것은 같은 물질로, 입자가 되어, 또 파도가 되어 떠돌아다니며 변화했다. 그리고 그 순간은 영원히, 평생 계속될 듯이 느껴졌고, 한순간에 끝났다.

그리고 다시 영원히 계속되었다.

꽤 오랜 시간이 흐른 것 같다. 하루 같기도, 한 달 같기도, 1년 같기도 한 긴 시간이었다.

끝이 없었다.

나는 점점 무서워졌다.

돌아가지 못하는 게 아닐까? 불안했다.

언제까지 계속될까?

이제 돌아가야 한다.

응? 돌아가? 어디로?

…….

나는 '보통'이 어떤 상태인지, 전혀 떠올릴 수 없게 되었다.

돌아가지 못할지도 몰라. 돌아간다. 분명히 돌아갈 곳이 있었다. 그런데 그보다 내가 누구지?

나는 손을 보았다. 내가 본 '손'은 다시 흔들려 모래처럼 사라지더니 다시 '손'이 되곤 했다.

세상은 점점 달라져갔고, 얼마간 현실과 닮은 형태에서 흐물흐물 형태가 없는 세상으로 오락가락 했다. 생각과 현실은 같고 머리로 생각한 것은 그대로 현실의 세계를 창조했다. 바다가 보고 싶다는 생각과 동시에 모든 것이 바다가 되어버렸다.

이곳은 그 방이라는 생각과 동시에 다시 그 방으로 돌아갔다. 무섭다. 아무것도 생각하고 싶지 않다. 사라져버리고 싶다. 베개에 얼굴을 묻었다. 나는 그대로 베개 안의 입자가 되어 녹아버렸다.

세상은 생각한 대로만 이루어졌다. 마음으로 생각한 것이 그대로 세상을 만들고 있다.

응? 나는 누구지?

애당초 '나'는 있었던 걸까?

그때 나는 '나'조차 알 수 없게 되었다. 25년 동안 불린 이름조차 떠올릴 수 없었다. 내 얼굴도, 어떤 모습이었는지도 모두 알 수 없게 되었다.

생각한다. 기억을 되짚어가며. '나'는 분명 '누군가'였을 것이다. 하지만 이름도 나오지 않는다. 이름은커녕 모든 경계선이 애매한 지금, '나'라는 감각조차 알 수 없었다. '나'는 누구인가, '나'는 무엇인가?

엄청난 공포가 덮쳐왔다. 안 된다. 이대로는 돌아갈 수 없게 된다. 무언가 확실한 것을 찾으러 가야 한다. 그래! 과거라면, '확실한 것'이다!

그래서 나는 과거로 돌아갔다. 시간은 가로축이 아니었다. 존재하는 진실은 오직 '이 순간'이라는 것. 과거도, 현재도, 미래도, 시간은 모두 이 순간에 존재하고 있었다. 시간은 흘러가는 것이 아니고 하나의 지점이었다. 각각 입자의 밀도로 그곳에 존재하고 있다.

나는 여행하며 만난 사람들을 만나러 갔다. 과거의 그 순간으로, 정확하게 갈 수 있었다. 하지만 그 장면을 체험하고 그 자리에 같이 있어도 누가 '나'인지 알 수 없었다. 그 자리에 등장한 모든 사람이 '나'처럼 느껴졌다.

그 후에도 여러 사람을 만나러 갔다. 고등학생 때 친구, 전에 사귀던 남자친구, 아르바이트하던 곳. 하지만 역시 누가 나인지 알 수 없었다.

　친구들과 얘기를 하고 있는 장면이었다. 그런데 내가 얘기하고 있는 건지, 친구가 얘기하고 있는 건지 알 수 없었다. 그때 나는 깨닫기 시작했다. 지금까지 내가 갖고 있던 가치관이 붕괴하기 일보직전이었다.

　나를 찾아야 해. 확실한 것을 찾아야 해.

　그리고 바로 쌍둥이 언니 나호를 만나러 갔다. 나호는 나에게 절대적인 존재다. 열 달 동안 배 속에 같이 있었고, 같이 태어나 누구보다 오래 함께 살았다. 나는 쌍둥이 언니 나호가 가장 확실한 존재라고 생각했다. 나호를 만난다면 뭔가 알게 될 것이다. 뭔가 생각날 것이다. 그래서 나호를 만나러 갔다. 일본을 떠나기 전날의 장면이었다.

　"마호, 잘 다녀와! 몸조심하고! 멋진 여행이 될 거야!"

　그곳에는 그리운 나호가 있었다. 내가 가장 좋아하는 나호였다. 크고 동그란 눈과 사랑스럽게 부푼 볼, 내 인생에서 가장 많이 본 얼굴이다. 그립다. 나에게 가장 익숙한 얼굴이었다. 그런데 알 수 없었다. 나호가 나인지, 내가 아닌지 알 수 없었다. 그녀가 '나호'인지 아니면 혹시 '나'인지, 확실하지 않았다.

그리고 이해했다. 모두 '나'라는 것을 알았다. 지금까지 만난 사람이 모두 '나'라는 것을 알았다. 왜냐하면 모두 '나'를 통해 본 타인이었기 때문이다.

모두 '나'라는, 두 개의 눈으로 본 시각으로, 그리고 귀를 통해, 때로는 냄새나 분위기 같은 것을 느낌으로, '나'의 오감으로 느낀 '타인'이 기억되어 있다. 결국 '나'를 통하지 않고서는 세상은 무엇 하나 건드릴 수 없었다. 그래서 '나'는 평생, 진정한 의미에서 타인을 이해하는 것이 불가능한 것이다. 그토록 확실한 나 호조차 '나'를 통하지 않으면 느낄 수가 없기 때문이었다.

나는 25년 동안 한 번도 '타인'을 이해한 적이 없었던 것이다.

나는 '나'를 통한 '타인'밖에는 본 적이 없었다.

나는 '타인'을 통해 '나'를 보았던 것뿐이다.

나는 언제나 '나'라는 것을 매개하지 않고서는 세상을 느끼지 못했던 것이다. 그것은 단 한 번도 예외 없는 사실이었다. 그럼 과연 확실한 것은 무엇일까. 그런 건 세상에는 없었다. 세상조차 확실하지 않았다. 타인조차, 사람조차, 확실하지 않았다.

그리고 '나'조차, 확실하지 않았다. 내가 가진 개념이 순식간에 붕괴했다. 내 무언가가 한계까지 와서, 터지듯이 무너졌다. 그리고 그 다음은 인생에서 체험한 적 없는 쓰나미 같은 '고독'이 나를 삼켜버리고 있었다.

고독했다. 혼자였다. 아무도 없었다. 그리고 이곳은 공포밖에 없었다. 바닥을 알 수 없는 공포였다. 나는 지금 머리가 이상해지기 직전의 체험을 하고 있다. 미친다는 것은 이런 걸까. 그렇다면 확실히 알 수 있었다.

무언가를 쥐어뜯고 모든 것을 버리고, 내가 존재하는 것이라고 하더라도 모두 그만두고 '무'로 하고 싶었다. 큰소리로 미친 듯이 소리 지르고 싶었다. 하지만 그렇게 하면 정말로 돌아올 수 없는 곳까지 가버린다. 그것을 알기 때문에, 목이 메어 소리가 나오지 않았다.

나는 우왕좌왕 돌아다녔고, 모든 것이 정지하기를 기다렸다. 하지만 그런 순간은 오지 않았다. 내가 모든 현실이었다. 내 사고가, 내 생각이, 방향이, 뇌가, 모든 세상을 만들고 있었다.

거기에는 아무것도 없었고, 또한 모든 것이 있었다. 사실은 모든 것이 하나이자, 또한 단 한 사람이었다. 그리고 아주 조금 현실이 움직이지 않게 되었을 때, 나는 마침내 멈춰 서서 샤먼이 앉은 곳으로 몸을 돌리고 말했다.

"죄송합니다, 이제 그만하고 싶어요. 이제 그만두고 싶습니다. 돌아가게 해주세요."

"부탁합니다. 제발, 이제 끝내주세요. 제발, 제발."

나는 샤먼을 향해 말했다. 소리치지 않았다. 목소리를 높이면 가서는 안 되는 곳으로 갈 것 같았다. 그래서 배에서 쥐어짜듯이 소리를 내서 겨우겨우 말했다. 통할 리가 없는 일본어로. 어떻게든 전하고 싶었다. 흐릿한 오렌지색 불빛이 감도는 방에서 샤먼이 책상다리를 한 채 나를 보고 있다. 다른 몇 명의 참가자도 나를 보고 있다.

그 순간은 여느 때의 세상으로 돌아간 것 같았다. 그런데 그후 모두 천천히 똑같이 웃었다. 그대로 스윽 입자 상태의 모래처럼 되어 세상이 다시 흔들렸다. 나는 그것을 보고 있다. 그리고 동시에 나도 똑같이 불확실하게 흔들렸다. 나는 다시 침낭 속으로 파고들었다.

무서워, 무서워, 무서워!

나는 떨고 있다. 확실한 것은 아무것도 없다. 무엇 하나 없다. 그럼, 내가 만들면 된다. 확실한 것을 내가 만들면 된다. 그렇게 나는 침낭 안에서 '신'을 만들었다.

머리카락은 길고, 하얀 얼굴의 예수 같은 신을 만들었다. 신은 한 사람이면 된다. 많을 필요가 없다. 많이 있으면 안 된다! 확실할 필요가 있다. 이 세계에 질서를 만든다.

신을 만드는 것은 어려웠다. 섬세한 이미지를 만들 수가 없었다. 몇 번을 만들어도 금방 무너지고 말았다. 따라서 다른 질서가 필요하다. 더욱 확실한 것으로. 이를테면 시간은, 가로축으로 가는 게 좋다. 순간순간, 그 몫만큼 시간을 새긴다. 그리고 무언가 특별하게 사인이 될 게 있으면 좋다.

태양의 커다란 빛이 아침을 비춰주고, 하루의 시작을 알려준다. 그리고 시간이 지나면 밤이 된다. 시간이 지났다는 것을 안다. 그리고 하루가 끝난다. 그리고 다시 아침이 온다. 정해진 시간에 태양이 알려줄 것이다. 태양이 그날을 시작하고 끝내는 구분을 되어준다. 이런 아름다운 질서가 있으면 된다. 이런 아름다움이 확실하면 된다.

그때 깨달았다. 나는 '그런 곳'에 있었다. 매일 반드시 아침이 오고, 그리고 밤이 되었다. 그리고 다시 아름다운 아침이 왔다.

사람은 서로 사랑하고, 두 팔로 서로를 안아준다. 그렇다. 이 팔은 사람을 안아주기 위해 있는 것이다. 서로 이해하지 못할 때는, 입으로, 말로, 몸으로, 온 힘을 다해 배려하면 된다.

혀로 맛있는 것을 맛보면 된다. 제대로 맛을 보는 것이다. 이 눈으로 태양을 보자. 그것은 하루의 사인이다. 시간이 옆으로 나아간다는 아름다운 사인이다.

밤에 별이 뜨는 것도 눈으로 보자. 빛의 아름다움을, 물결의 아름다움을, 나뭇잎의 정교함을 보자. 눈으로, 다시 보자.

그리고 타인의 좋은 점을, 아름다운 점을 더 많이 보자. 만약 다시 그런 세상에서 살아간다면 오감을 모두 사용해 다 느끼고 싶다. 그것은 이 작은 몸의 수명으로는 절대로 부족할지 모른다.

그래도 오감을 모두 사용해 기뻐하고 슬퍼하고 서로 나누고 그리고 사람에게 사랑을 전하고, 자신의 열정으로 살아가고 충분히 느끼며 살아가리라. 단 한순간도 허투루 보내지 않으리라. 허투루 보낼 수가 있나.

세상은 99퍼센트가 생각대로 되고, 남은 1퍼센트는 생각대로 되지 않는다. 나는 그런 세상을 선택해서 태어난 것이다. 바로 그 1퍼센트, 생각대로 되지 않는 것이 '기적'이다. 생각대로 되지 않는 '타인'은 내가 살아가는 증거였다. 그리고 시간도, 미래도, 생각대로 되지 않는 것이 모두 내 삶의 증명이었다.

만약 다시 태어난다면, 모든 것을 제대로 느끼며 살아내고 싶다. 실패해도 된다. 많은 것에 도전할 것이다. 슬픈 것도, 안타까운 것도, 괴로운 것도, 모두 아름답다. 무엇이든 한껏 경험하고 부지런히 느낄 것이다.

사랑하는 사람에게, 꼭 사랑을 말하자. 사람은 말하지 않으면 이해하지 못하니까.

감동하며 살자. 누가 뭐라 해도, 자신이 믿는 길을 걷자. 분명한 것, 그런 것은 없으니까.

다시 한 번 살고 싶다. 돌아가고 싶다. 아니, 돌아갈 곳은 없다. 사실은 선택하지 않으면 살아갈 수 없다. 모두, 전부, 어떤 경우라도, 스스로 선택했으므로 살아간다. '산다'는 것은 아무나 할 수 있는 게 아니다. 스스로 선택하지 않으면 살아갈 수 없다.

그럼 선택하자. 다시 한 번 선택하자. 다시 한 번 사는 것을 선택하자. 선택한다! 산다! 다시 한 번 사는 것을 선택한다! 다시 한 번 스스로 고쳐 산다! 사는 것을 선택한다!

쿠궁!

몸에 누름돌이 올려진 것처럼 무거워졌다.

그리고…….

나는 무언가 확실한 장소에 돌아왔다. 공기가 조용히 가라앉아 있다. 조금 전까지는 아주 시끄러웠다. 입자가 진동해서 소란스러웠다. 하지만 지금은 아주 조용했다.

나는 침낭에서 나와 상반신을 일으켰다. 여전히 아주 조용하다. 돌아온 걸까.

내 손을 보았다. 지문 하나하나, 그리고 작은 주름, 손금까지. 적당히 구부러지고 꺾어진 선을 보았다. 이젠 입자가 되어 사라져버리지 않는다. 계속 바라볼 수 있다. 엄지손가락의 손톱뿌리를 이로 깨문다. 아프다.

둔탁한 통증이 손톱 끝에서 분명하게 퍼졌다. 그리운 감각이다. 이것은 '아픔'이었다. 나는 아직 잘 몰랐다. 멍하니, 그곳에 앉아 그저 앞만 보고 있다. 지독한 정적이었다.

다른 참가자들이 자면서 내는 고른 숨소리가 작게 들려왔다. 모두 몸을 말고 여기저기 흩어져서 자고 있다. 내 앞에는 벽에 기대어 자고 있는 남자가 있다. 남자의 멋진 금발 레게머리가 바닥을 향하고 있다. 남자의 몸이 그대로 쿵 쓰러질 듯 기울었다.

그때 내 명치 안쪽에서 뜨거운 것이 복받쳐 올랐다. 횡격막이 조금씩 떨렸다. 내 눈은 액체로 가득했고, 그리고 그것은 금방 볼로 흘러내렸다. 눈물이 멈추지 않았다. 어깨가 떨렸다. 볼을 타고 내려온 따뜻한 눈물은 턱까지 내려와 옷깃을 적셨다.

"으으으."

나는 소리 죽여 울었다. 담요에 얼굴을 묻고 담요 안은 소리가 되지 않는 소리로 가득 찼다. 앞에 있던 남자와는 이야기한 적도 없다. 어차피 언어도 통하지 않았을 테니. 그런데 그가 스스로 꾸벅꾸벅 졸면서 비스듬히 기울어졌다.

그것은 내 생각 밖에 있는 것이었다. 생각대로 되지 않는 세계였다. 그것은 명백하게 내가 살아 있다는 증거였다. 생각대로 되지 않는 타인이 눈앞에 있다.

그런 존재가 그곳에 있는 것만으로 고마웠다. 나는 담요에 얼굴을 파묻은 채 한참을 울었다. 얼마나 그렇게 울었는지 모르겠다. 방이 밝아진 것 같아 얼굴을 들어보았다. 커튼 틈으로 작은 빛줄기가 들어오고 있다.

혹시?

아침이 왔다! 그때 나는 생각났다. 살아 있다면 그것은 너무도 당연한 것이다. 시간은 가로축으로 시간을 새기며 아침이 오고 밤이 온다. 그리고 물체는 흔들리지 않고 여기에 있다.

내 손으로 만질 수가 있고, 코로 냄새를 맡고, 귀로 듣고, 혀로 맛을 보고, 눈으로 보는 것이 가능하다. 그것은 대단히 당연한 질서였다. 그것을 지금 확실하게 떠올렸다.

나는 창가로 가서 커튼을 열었다. 아름다운 태양이 솟아오르고 있었다. 거대한 초록의 완만한 산들 사이부터 태양은 모든 것을 비추고 있었다. 그 아래에 있는 풍요로운 초원, 정확하게 포장된 도로와 가족들이 사는 집.

나는 구석구석을 눈에 담았다. 이 산이 만드는 초록 하나하나를 자세히 보았다. 눈을 크게 뜨고 모든 것을 내 눈으로 보고 싶었다. 하지만 보이지 않았다. 눈앞이 흐릿하게 일그러졌다. 몇 번이나 눈물을 닦고 다시 보았다. 하지만 아무리 닦아도 눈물은 멈추지 않았다.

내 인생에서 가장 아름다운 아침이었다. 아침이 온 것이다. 다시 오늘도 아침이 온 것이다.

나는 다시 한 번 선택했다. 그리고 돌아왔다. 다시 사는 것을 선택했다.

고마워.

고마워.

고마워.

모두 잠들어 있는 방을 빠져나가, 문을 열고 맨발로 밖에 나갔다. 발바닥에 전해오는 돌멩이의 감촉, 뺨을 스치는 바람, 내가 느낄 수 있는, 자연의 모든 것을 느꼈다. 참으로 찬란했다.

세상은 이토록 아름다웠던 것이다. 지금까지 살면서 제대로 자연을 본 적이 없다는 것을 깨달았다. 나뭇잎 하나하나가 이렇게 훌륭한지 몰랐다. 바람에는 소리가 있고, 태양 빛에도 색깔이 있다. 파란 하늘은 미묘하게 다르다. 산의 초록은 제각각 다른 초록을 가진 나무들로 이루어져 있었다. 그리고 그 나무에도 서로 다른 초록의 잎사귀가 달려 있었다. 전에는 몰랐던 것이다. 본 적도 없었다. 이곳은 천국이었다.

그렇다. 세상에 희망은 없다.

자신이 어떻게 생각하느냐에 달려 있다. 세상에서 가장 아름다운 아침을 계속 바라보고 있었다. 아무것도 아닌 당연한 기적 속에 꼼짝 않고 서 있었다.

얼마 후 맨발을 닦고 참가자들이 있는 방으로 들어가니 모두 일어나 있었다. 각자 새로운 아침을 맞이하고 있었다.

"계속 바다 속을 헤엄치고 있었어!"

"아무것도 보지 못했어. 잠들어버려서. 코 골았지?"

"전생을 보았어! 정말 놀라워!"

모두 각자 체험한 것을 이야기하고 있었다. 기타를 치거나 노래를 부르는 사람도 있었다. '어제'가 거짓말 같았다. 완전히 새로운 아침이었다. 모두 다른 비전을 보았다. 같은 장소, 같은 시간에 있었지만 모두 달랐다. 나와 똑같은 체험을 한 사람 역시 아무도 없었다.

나도 침낭을 정리하고 나갈 준비를 했다. 앞에 있던 프랑스인 여자가 말을 걸었다.

"괜찮아요? 엄청 무서워하는 것 같았어요. 도와주려고 했는데 샤먼이 못하게 했어요. 건드리지 말라면서. '그녀는 괜찮아. 스스로 선택한다'고. 대체 어땠던 거예요?"

"네? 아하하. 그랬군요. 예, 선택했어요."

그녀는 신기하다는 표정으로 나를 보았다. 파란 눈을 가진 주근깨가 예쁜 여자였다.

"당신은 어땠어요?" 내가 영어로 물었다.

"너무 추워서, 중간부터 떨고 있었는데, 마지막에는 따뜻하고 행복한 기분이 들었어요. 하지만 다시는 하지 않을 거예요."

그녀는 떨어질 듯한 커다란 눈으로 고개를 갸웃거리며 그렇게 말했다. 그러고는 짐을 챙기러 갔다.

모두 자기 짐을 챙겨서 나왔다. 방은 금세 조용해지고 텅 비어 버렸다. 참가자들이 덮었던 담요가 흩어져 있다. 하룻밤 사이에 겪은 일이었다고는 생각되지 않는다.

방 안은 고요했다. 나는 이제 질서가 없었던 때를 떠올릴 수 없다. 이 세계가 어지러울 정도로 변화하고 있었다는 것도 지금은 꿈만 같다. 나도 가만히 방을 응시했다. 방에서는 샤먼이 혼자 방 정리를 하고 있다.

"고맙습니다."

샤먼의 등에 대고 말했다. 샤먼이 뒤돌아보더니 빙긋 웃었다. 나는 문을 닫고 방을 나왔다.

우리를 태운 툭툭(오토바이 택시)은 왔던 길을 천천히 되돌아갔다. 옥수수 밭 옆의 좁은 길을 달려갔다. 거대한 초록의 산으로 둘러싸여 있는 황금빛 옥수수 밭 옆을 툭툭이 지나갔다. 툭툭에는 대여섯 명이 타고 있다. 억지로 쑤셔 넣어 어떤 사람은 누군가의 발등에 앉아 있다.

모두 자신의 체험을 즐겁게 얘기하고 있다. 사람들 사이에 개운한 안도감이 있었다. 나는 툭툭 창으로 스쳐지나가는 풍경을 보았다. 어젯밤 묵었던 작은 집이 점점 멀어지다가 보이지 않게 되었다.

어제까지의 나를 거기에 두고 온 것 같다. 하룻밤 만에 내 인생은 크게 달라졌다는 것을 알 수 있다.

고마워.

아무도 없는 풍경에 대고 말했다. 모든 것에 말했다. 같이 툭툭을 타고 있는, 한 번도 얘기해본 적 없는 사람들에게, 길에, 태양에, 구름에, 모두에게 말했다.

고마워.

그리고 나에게 말했다.

고마워.

이곳에서 체험한 것을 결코 잊지 않을 것이다. 누가 뭐라 해도 이것은 내 이야기이기 때문이다. 그리고 다시 앞을 보았다. 이제 지나온 길을 돌아보지 않겠다.

옥수수밭이 흔들린다. 황금빛으로 빛나고 있다. 이 흔들림은 마치 입자가 한없이 움직이고 있는 것 같다. 세상에 한순간도 같은 순간은 없다.

루카가 기다리고 있다. 가장 먼저 안아주고 싶다. 루카가 나를 여기까지 인도해주었다. 여행 파트너가 되어주었다. 존재해주었다는 것이 가장 고맙다. 얼른 나호에게 모든 것을 말하고 싶다. 목소리를 듣고 싶다. 다시 웃고 싶다. 둘이서 다시 살아가고 싶다.

앞을 보았다. 눈물이 뺨을 타고 내려온다. 바람에 날린 눈물은 지나온 길에 떨어졌다. 내 여행도 이제 얼마 남지 않았다. 일본에 돌아가면 내 경험을 알려야지. 이것이 나의 열정이다.

우리를 태운 툭툭은 천천히 마을로 데려다주었다.

그 후

다음 날 샤먼은 마을을 떠났다. 여행을 갔다는 소문이 돌았지만 확실하지는 않다. 그 샤먼과 함께 무언가를 찾던 사람들도 어느새 다음 장소로 이동했다. 마치 모든 것이 꿈이었던 것처럼, 작은 마을은 다시 소박하고 조용한 마을로 돌아왔다. 그리고 루카와 나도 이 마을을 떠났다.

나는 반 년 정도 더 여행을 했다. 한 달 후에 귀국할 생각으로 가지고 있던 비행기 티켓을 버리고 새로운 티켓을 샀다. 길거리에서 소울 컬러를 하기도 했고, 박물관에서 잠을 청하는 날도 있었다. 아직 많은 만남과 색다른 모험이 기다리고 있다. 나와 루카는 중간에 헤어져 다시 혼자만의 여행을 하게 되었다. 루카는 자신의 '성스러운 진실'을 찾는 여행을 떠났으므로. 나는 페루에서 볼리비아, 칠레를 지나 귀국했다. 나호가 있는 도쿄 에비스의 아파트로.

원래 있던 곳으로.

두 달 후

우편함에 편지 한 통이 배달되어 있었다. 보낸 곳은 페루 어느 마을이다. 처음 듣는 지명이어서, 페루 어디쯤인지 알 수는 없었다. 보낸 사람은 루카였다.

마호 안녕?

루카의 글씨다.

남자다운 달필로 마치 옆에서 루카가 얘기하고 있는 것 같다.
루카와 함께 보았던 풍경이 눈앞에 어른거렸다.

나도 마침내 '성스러운 진실'에 도달했어.

정말 길었지. 하지만 멋진 만남이었어.

우리는 자꾸 소중한 것을 잊어버리고 말아.

그 원천을 떠올리기 위해 '성스러운 진실'이 있는 것 같아.

마호의 마음과 몸이 건강하고

마호의 웃음이 주변을 밝히는 등불이 되길 바라.

그럼 이만.

루카

도쿄의 하늘을 올려다보니 약간 정체되어 있는 듯했지만, 파
란 하늘이 펼쳐져 있었다. 이 커다란 하늘은 루카의 하늘과 이
어져 있다. 페루뿐만이 아니다. 세상의 모든 하늘과 이어져 있다.
그리고 우리가 올려다본, 그때 페루의 하늘과도.

과거도 미래도, 이 순간과 동시에 있으니까. 루카는 지금도 어

딘가에서 여행을 이어가고 있다. 루카도 자신만의 이야기를 걸고 있다. 그리고 나도 마찬가지다.

페루에서 어느 순간에 나와 루카의 이야기가 잠시 만났다 지나친 것이다. 편지를 주머니에 넣었다. 내 이야기에서 루카는 줄곧 특별한 남자였다.

"고마워."

나는 혼자 중얼거렸다.

뺨에 닿는 바람에서 루카와 함께 맞았던 페루의 바람 냄새가 났다.

EARTH

GYPSY

세   번째   이 야 기

WELCOME!

어스 짚시

어스 집시,
두근거리는
삶을 살다

"나호, 여기 와봐!"

나는 일을 마치고 돌아온 나호를 좁은 아파트의 방으로 데리고 갔다.

"응? 뭔데?"

나호는 오늘 1년 반 동안 다닌 회사를 그만두었다.

"응, 뭐야? 나한테 주는 거야?"

방에는 배낭 두 개가 가지런히 놓여 있다. 하나는 내가 혼자 여행하며 사용한 약간 빛바랜 배낭이고 다른 하나는 같은 디자인에 색만 다른 새 배낭이었다. 페루 전통 문양을 수놓은 아플리케는 똑같은 것으로 달았다. 내 손으로 직접 바느질해서 붙인 것이다.

"나호, 퇴직 축하해! 드디어 오늘부터 어스 집시 활동이 시작되네!"

'어스 집시EARTH GYPSY.'

이것은 나호가 이름 붙인 우리 두 사람의 활동명이다.

어 스   집 시

둘이서 세상을 여행하며 자유롭게 산다. 이것은 우리 두 사람의 꿈이었다. 어릴 때부터 꾸어온 가장 큰 꿈.

"응, 그래. 우리가 보여주자. 인생은 열정만으로 두근거리며 살아갈 수 있다는 것을."

나호의 눈에는 눈물이 고여 있었다.

나도 눈물이 흘렀다. 드디어 두 사람의 커다란 꿈이 시작되는 순간이다. 그날은 크고 둥근 보름달이 떴다.

"그래. 아무도 하지 않으니까 우리 둘이서 해보자!"

지구에 살고 있는 모든 사람한테는 그 사람을 기다리고 있는 보물이 있다. 어쩌면 우리는 그 보물을 발견했는지도 모른다. 아니, 그건 잘 모르겠다. 하지만 한 가지 확실한 것은, 우리는 보물 지도를 어떻게 그려야 할지 알고 있다는 것이다.

보물 지도는 백지다. 스스로 생각해서 그리지 않으면 안 된다. 목적지까지는 표시가 있고, 그것은 영혼이 보내는 '노크'다. 오직 자신만이 알 수 있는 표시 말이다.

Maho Shovoll

'노크'는 두근거림과 열정인지도 모른다. 우리 마음이 우리가 알 수 있도록 노크한다. 때로는 무섭도록 강렬하게, 때로는 깊은 곳에서 천천히 조용히, 확실히 '노크'해준다. 그 '노크'의 신호를 따라 스스로 지도를 그려야 한다. 길을 찾아가야 한다. 그러면 그곳에는 반드시 '표지'가 있다.

무지개, 나비, 음악, 때로는 어떤 사람이 되기도 한다. 언제나 우연을 가장해 아무것도 아닌 듯이 놓여 있다. 보물은 기다리고 있다. 어딘가에서, 자신을 발견해줄 사람을.

바로 당신만을 계속.

당신이 아무리 포기해도, 보물 따위 없다고 부정해도, 찾으러 가지 않아도 그 자리에서 묵묵히, 계속 기다리고 있다.

왜냐하면 보물은 당신이 발견하는 그 순간을 알고 있기 때문이다.

왜냐하면 이것은 당신이 주인공인, 당신만의 이야기이기 때문이다.

어스 집시라는 인생을 건 여행이 시작되려 하고 있다.

가진 돈은 600달러, 비행기 티켓도 미국까지 가는 편도 티켓이다.

그리고 두 개의 배낭과 여행 노트.

"이것만은 정해놓자."

"그래, 이건 실험이야. 사람은 두근거림만으로 살아갈 수 있는가?"

어스 집시가 사는 법

─ 두근거림을 믿을 것.

─ 미래를 불안해 하지 않고 희망으로 볼 것.

─ 모든 순간을 진심으로 즐길 것.

─ '무엇을 할 것인가'가 아니라 '어떤 생각으로 할 것인가'를
  고민하며, 마음을 가장 소중하게 여길 것.

─ 장소, 국적, 인종에 관계없이 '기도'와 '예술'로 살아갈 것.

노트에 이것만 적었다. 정해진 것은 이것뿐이다.

목적지도 지도도 없다. 오직 '두근거림'만 이정표로 삼는다.

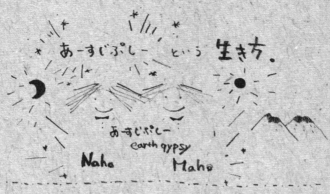

あーすじぷしー という 生き方。

あーすじぷしー
earth gypsy
Naho   Maho

一、 ワクワク を 信じること。

一、 未来を 不安 でなく 希望 でみること。

一、 この一瞬 を 心 から 楽しむこと。

一、 "何をする" ではなく

　　　どんな "想い" でやるか。

　　　ココロを 一番大切 にすること。

場所、国籍、人種 関係なく、　　2.12.9.14
　　　　　　　　　　　　　　あーすじぷしー
　"祈りとアート" できる。　　　実験開始!

'두근거림'이 알려준 목적지는 과테말라.

이곳은 과테말라의 한 호텔이다.

옥상에서 바라본 밤하늘에 별이 가득해서 기분이 좋다.

나호와 나 둘뿐이었다. 600달러와 편도 비행기 티켓만 가진 채

시작한 여행은 벌써 두 달이 지나고 있다.

하지만 아직 시작에 불과하다.

"마호, 우리 참 먼 곳까지 왔다."

"그러네. 예쁘다."

둘이서 밤하늘을 올려다보며, 어릴 때처럼 여러 가지 이야기를

나누었다. 하늘에는 6억 개의 방울이 소리를 내고 있었다.

앞으로 일어날 일, 하고 싶은 일, 두 사람의 꿈과 미래를

어릴 때처럼 별이 가득한 하늘에 그렸다.

"더 많은 사람에게 우리 이야기를 들려주자. 알고 싶은 사람은

모두 알 수 있도록."

"그래."
지금까지 있었던 일이 되살아난다. 일이 잘 풀리지 않아
힘들었을 때 둘이서 두근거리는 삶을 떠올렸던 것,
내가 페루에서 경험한 신비로운 체험,
나호가 회사에서 겪은 일.
모두 바로 얼마 전의 일처럼 생생하다.

"그래, 써보자. 써서 친구들에게 전해주자."

거대한 밤하늘을 향해 말했다.
두 사람의 가슴에서 노크 소리가 들렸다.
그것은 영혼으로부터 시작된 노크였다.
나는 작은 휴대전화 화면에 우리 여행의
흔적을 담기 시작했다.
거대한 과테말라의 밤하늘이 우리를 지켜보고 있었다.

이것은 당신의 이야기다

흔히 사람들은 인생은 알 수 없다고, 하면 된다고 말하며
목표를 향해 쉼 없이 노력할 것을 당부한다. 조금씩 꾸준히,
노력에 노력을 거듭하면 노력한 만큼 이룰 것이라며,
곧 닿고 만져질 것 같은 환상을 제시한다.
하지만 우리는 알고 있지 않은가. 우리 인생이 지금 예상하는
것에서 크게 달라지지 않으리라는 것을. 우리가 '기대'하는
어떤 삶은 살아갈수록 '예상'되는 삶과
점점 거리를 넓혀 나가지 않았나.
그럼에도 우리 주변에는 예상했던 삶과는 다른 방향으로,
기대한 삶의 방향이나 기대보다 더 나은 방향으로 삶을
나아가는 사람들이 엄연히 존재한다.
이 책은 예상되는 삶의 방향에서 기대한 삶의 방향으로 나아간
어느 쌍둥이 자매의 비범하고 기적적인 이야기를 담고 있다.
어릴 때부터 패션 디자이너가 꿈이었던 마호는
대학에서 패션 디자인을 전공하고,
졸업 후에는 디자이너로 취업을 한다.

하지만 그것은 마호가 기대한 삶이 아니었다.

더 큰 노력이 필요하다고 생각해 새로 패션학교에 입학한다.

그러나 졸업과 취직을 목전에 둔 어느 날

마호는 예상했던 삶의 방향을 단호히 틀었다.

쌍둥이 자매의 언니인 나호도 마찬가지였다.

대학 졸업 후 직장생활을 하며

여러 가지 공부 모임과 강연회에 참여하고

독서 등으로 자신을 갈고 닦는 데 게을리하지 않았다. 그러나

노력을 해도 채워지지 않는 공허함과 예상되는 삶에 대한

거부감은 결국 용기 있는 결단과 도전을 이끌어냈다.

자매는 나이가 들면서 포기했던 것을 살폈고 순수하던 시절의

소망을 되살렸다. 그것은 누가 봐도 어린아이 장난 같은

이야기였지만 두 사람은 정말로 행동했고 순순히 이루었다.

나호와 마호 쌍둥이 자매의 인생 실험기라고 할 수 있는 이 책은

일본에서 "현대판 연금술사", "일본판 연금술사"라고 불리며

초판 이후 지금까지도 식을 줄 모르는 열기의 한복판에 있다.

이 책의 북콘서트는 일본 전역을 돌며 개최되고 있고
번번이 문전성시를 이룬다.

실제로 마호는 친구들로부터 읽기를 권유받은
『연금술사』라는 책에서 영감을 받아
삶의 '표지標識'를 읽고자 했고, 표지가 알려주는 대로 따라갔다.
결과는 놀랍게도 『연금술사』에서
양치기소년 산티아고가 이룬 기적에 못지않았다.

기적은 꼬리에 꼬리를 물고 일어났다.
두 번째로 출간한 책도 초판본을 발매한 지
이틀 만에 1만 부 판매를 돌파한 것이다. 이 자매에게
뜻밖의 행운이 따르거나 극적인 기회가 다가왔던 것은 아니다.
이들은 그저 자기 삶의 주인으로 살고자 했다.
세상의 말과 타인의 기대에 부응하며 자기를 속이며
사는 것이 아니라, 멋진 꿈과 새로운 목표를 세우며 그럴 듯하고
번듯한 삶을 지향하는 것이 아니라, 어떤 삶을 살아갈 때
자신이 가장 생동감 있고 즐거운지를 깨닫고 앞으로는

가슴이 두근거리는 일만 하며 살겠다고 결심하고 행동한 것이다.
이것이야말로 이 자매의 가장 극적인 성찰이었고 마침내
기적으로 이어지는 첫 걸음이었다.
우리는 모두 자기 삶의 주인으로 살기 위해 태어났다. 하지만
살아가면서 자기가 삶의 주인이라는 것을 잊어버린다.
때로는 스스로 주인이기를 포기할 때도 있다. 주인으로 살지
못하게 하는 수많은 합리적인 이유들 앞에서 우리는
언제부터인가 더는 저항하지 않고 순응하게 되었다.
자기 삶의 주인이기를 회복하고 두근거리는 삶으로 인생을
이끌어간 나호와 마호의 이야기는 우리에게 대단한 준비와
거창한 결심이 없어도 얼마든지 자기 삶을 살 수 있다는 것을
알려준다.
이 책은 쌍둥이 자매 나호와 마호의 이야기다.
그리고 당신의 이야기다.

변은숙

나
호
&
마
호 Naho & Maho

패션 디자이너와 직장인으로 평범한 삶을 살던 쌍둥이 자매 나호와 마호. "이렇게 살아도 괜찮을까?"를 고민하던 어느 날, 마호에게 운명 같은 책이 찾아온다. 서로 다른 세 명에게서 추천받은 책 『연금술사』. 표지를 따르며 살기로 결심한 순간부터 마호의 삶은 놀랍게 달라지기 시작했고 페루에서 경험한 신비로운 체험은 인생을 완전히 바꾸어 놓았다.

두근거림만 선택하며 살기로 한 마호는 2013년 9월 19일, 쌍둥이 언니 나호와 함께 '어스 집시'를 결성한다. 그리고 곧바로 "두근거림을 따라가는 삶이 정말 가능할까?"를 테마로 600달러와 LA행 편도 티켓만 지닌 채 219일 간의 실험적 여행을 떠난다. 직감으로 목적지를 정하고, 인연을 따라가는 여행 방식을 통해 매 순간이 기적이 되는 삶을 살고 있는 나호와 마호는 끊임없이 사람들과 소통하며 삶의 깨달음을 전하고 있다.

'어스 집시'는 북콘서트를 비롯해 토크 콘서트나 집필, 그림 등의 활동을 활발히 펼치고 있으며, "두근거림을 따라가며 살기"라는 새로운 삶의 방식을 전파하기 위해 지금도 세계 각지를 여행 중이다.

변은숙

출판 편집과 일본어 번역 일을 하고 있다. 옮긴 책으로는 『지식의 편집』, 『화가의 아내』, 『나만 혼자 몰랐던 내 우울증』, 『고독의 병 자살의 심리학』, 『아시아의 책·문자·디자인』(공역), 『소설 공부의 신』(공역) 등이 있다.

EARTH
GYPSY

이 도서의 국립중앙도서관 출판예정도서목록(CIP)은 서지정보유통지원시스템 홈페이지(http://seoji.nl.go.kr)와 국가자료공동목록시스템(http://www.nl.go.kr/kolisnet)에서 이용하실 수 있습니다. (CIP제어번호: CIP2017017206)

어스 집시

지은이
나호 · 마호

옮긴이
변은숙

1판 1쇄 인쇄
2017년 7월 31일

1판 1쇄 발행
2017년 8월 10일

펴낸이
황재성 · 허혜순

책임편집
조혜정 · 양성숙

디자인
Color of Dream

펴낸곳
도서출판연금술사
(04030) 서울시 마포구 동교로 136

신고번호
제2012-000255호

신고일자
2012년 3월 20일

전화
02-323-1762

팩스
02-323-1715

이메일
alchemistbooks@naver.com
www.facebook.com/alchemistbooks

ISBN
979-11-86686-23-2   03830

인쇄 · 제본
스크린그래픽스 · 상지사피앤피

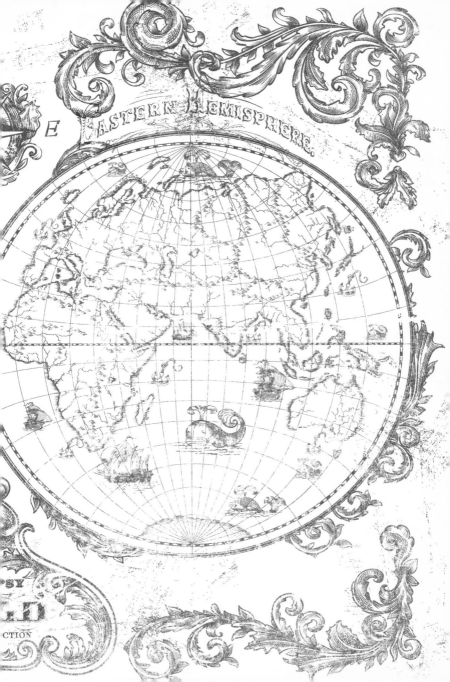